Per Olov Enquist

Großvater und die Schmuggler

Per Olov Enquist

Großvater und die Schmuggler

Aus dem Schwedischen von
Wolfgang Butt

Mit Bildern von
Leonard Erlbruch

Büchergilde Gutenberg

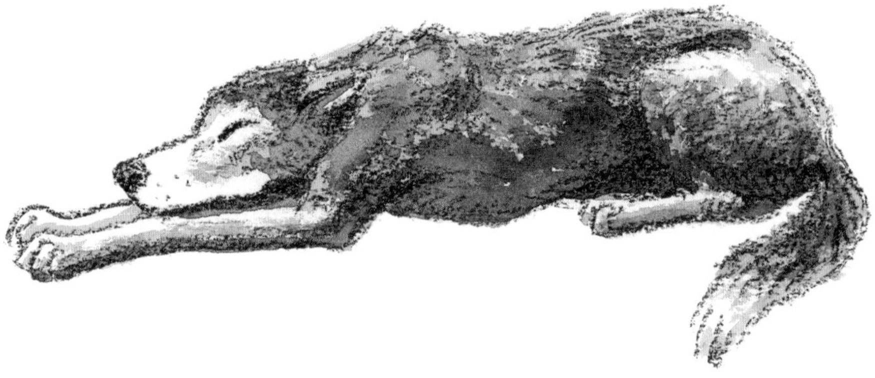

Mischas Tod

1. Mischa starb im Sommer 2005. Sie war eine ostsibirische Laikahündin. Im Mai wurde sie krank.

Im Logbuch, dem großen Notizbuch, in dem der Expeditionsleiter alles aufschreiben sollte, was während der Ereignisse im Sommer 2006 und davor geschah, steht als erste Eintragung: »24. Juli 2005. Beschließen Mischas Tod. Abfahrt 14 Uhr 30.«

Dieses »beschließen« hört sich natürlich komisch an. Aber die Geschichte begann und endete nun mal mit einem Begräbnis; zuerst wurde ein Hund begraben, dann ein Wolf. Zuerst war da die Geschichte, wie Mischa starb, und am Ende das Begräbnis der Wolfsmutter unter einem Apfelbaum aus Stein.

Aber es ist nicht so traurig, wie es sich anhört.

Großvater hatte übrigens gerade aufgehört zu rauchen. Er lief den ganzen Sommer herum und jammerte, wie gern er rauchen würde und wie leer das Leben geworden sei. Es war für alle unglaublich nervig. Aber das nur nebenbei.

Klar ist: Was drei Jahre zuvor bei ihrem Ausflug auf den Dreihöhlenberg passiert war, ließ den Kindern keine Ruhe.

Sie wollten dorthin zurück.

Drei Jahre nachdem Marcus und seine Geschwister ein Wolfsjunges gerettet hatten, drei Jahre nachdem Cecilia und die Laikahündin Mischa durch einen *langen und lebensgefährlichen Abstieg* (das war der Ton, wenn sie sich »gemeinsam erinnerten«) vom Dreihöhlenberg ihren Großvater gerettet hatten (der sich Dank seiner einzigartigen Dusseligkeit das Bein gebrochen hatte) – drei Jahre nach alldem zogen die Kinder noch einmal in das Haus Söderås im westlichen Värmland ein. In das Haus am Fuß des Dreihöhlenbergs.

Alle Enkelkinder wollten dorthin zurück. Sie grübelten viel über die Wolfsmutter und ihr kleines Junges nach: Wie es ihnen inzwischen wohl ergangen war? Und wo war der Bär? Der Bär, der mit Marcus geredet und sie vor den deutschen Wolfsmördern gewarnt hatte, der Bär, der in der dritten Höhle gewohnt hatte? Komischerweise war es Großvater, der die Enkel bremste, obwohl er selber dieselbe Sehnsucht verspürte.

Er sagte: »Ein zweites Mal macht es nie mehr so viel Spaß.«

»Ich will gar keinen Spaß haben«, sagte Marcus. »Ich will wissen, wie es meinem Bären geht.«

»Der Bär gehört dir doch nicht«, sagte Gabriel, der damals zu klein gewesen war, um etwas zu begreifen, also antwortete Marcus gar nicht, denn das war unnötig.

»Und *ich* will wissen, wie es dem Wolfsjungen geht, mit dem ich im Bett geschlafen habe!«, sagte Mina.

»Wovor hast du Angst, Großvater?«, fragte Marcus.

Darauf erhielt er nie eine Antwort. Großvater hatte im Frühjahr 2004 eine Herzoperation gehabt und wirkte manchmal ein bisschen blass um die Nase.

»Wir machen es noch einmal«, sagte Mina.

»So etwas kann man nicht einfach noch einmal machen«, sagte Großvater. »Außerdem habe ich Lust zu rauchen.«

»Hier wird zu viel geredet und zu wenig getan – wir fahren«, sagte Gunilla, die mit Großvater verheiratet war und die Entscheidungen traf.

Also fuhren sie. Das Haus trug, wie gesagt, den Namen Söderås. Vieles hatte sich verändert. Zum Beispiel war Mischa, die ostsibirische Laikahündin, gestorben.

2. Mischa starb am 24. Juli in einer Tierklinik in Stockholm unter Aufsicht von Großvater und Marcus.

Kann man so anfangen? *Unter Aufsicht* hört sich furchtbar an.

Keiner hatte erwartet, dass Mischa so schwach werden würde, aber vielleicht hätten auch die Kinder verstehen müssen, dass es am Ende so kommen musste. Mischa war ja alt, siebzehn Jahre. »Man pflegt das so zu rechnen«, erklärte Großvater, »dass jedes Hundejahr sieben Menschenjahren gleichkommt.« Was bedeutete, dass Mischa eigentlich einhundertneunzehn Jahre alt war. Wenn man in Menschenjahre umrechnete.

Sieben mal siebzehn.

Man merkte mit der Zeit, dass Mischa wirklich alt geworden war.

Als sie damals – wie es später im Buch *Großvater und die Wölfe* beschrieben werden sollte – Cissi den Berg hinuntergelotst hatte, *trotz schwierigster Wetterverhältnisse und regenglatter Felsenklippen*, da hatte noch niemand daran gedacht, dass sie alt war. Aber jetzt war sie steif in den Beinen und fast blind. Alle wussten, dass sehr alte Hunde blind werden konnten; aber dass es Mischa passieren würde, kam dennoch überraschend.

Marcus hatte es als Erster bemerkt.

Er hatte Großvater gefragt, ob mit Mischa etwas nicht in Ordnung sei. Sie bewege sich so komisch. Als ob sie nichts sähe. Hunde, die in Menschenjahren gerechnet über hundert würden, würden tatsächlich oft blind, hatte Großvater erklärt.

»Großvater«, hatte Marcus da gesagt, »wie alt bist du?«

Und Großvater hatte geantwortet: »Fünfundsiebzig.« Da hatte Marcus, der neun war und gut im Rechnen, gefragt, wie alt Großvater wäre, wenn er Hund wäre. »Ich weiß nicht«, hatte Großvater gesagt, »ich bin ja kein Hund.« Aber Marcus hatte stumm vor sich hin gerechnet und gesagt: »Du wärst gut zehn Jahre alt, wenn du Hund wärst! Und dann hast du noch sieben Hundejahre vor dir, bevor du blind wirst!«

»Ich bin kein Hund!«, hatte Großvater noch einmal gesagt, aber nicht sauer, eher wie ein kluger alter Dorfschullehrer. Manchmal hatte er diesen komischen Tonfall seiner Mutter, die Lehrerin in einem kleinen Dorf tief im Wald in Norrland gewesen war. Sie hatte *belehrend und verstehend* gesprochen. Und deshalb war Großvater so geworden. Als ob alle, mit denen er sprach, *belehrt* werden müssten. Auf jeden Fall hatte er zu Marcus gesagt: »Ich bin nicht blind! Und ich sehe wie ein Adler!«

»Ja, aber fünfundsiebzig Menschenjahre, bist du nicht trotz allem ein bisschen halb blind?«, hatte Marcus beharrlich nachgefragt, aber da hatte Großvater eine Zeitung genommen und einen Meter von sich weggehalten und gelesen: »Zlatan Ibrahimovicz erzielt Hattrick!«

Das bewies natürlich gar nichts.

Aber Mischa machte ihnen Kummer.

Marcus war der Erste, der bemerkte, dass die schöne Hündin anfing, *gegen die Wand zu laufen.* Sie kam mit niedriger Fahrt angestolpert, vielleicht zwei Knoten in der Woche, wie Marcus meinte, und sah nicht, dass eine Wand im Weg war, und – pang! – knallte sie gegen die Wand und stand völlig verdattert da. Dann drehte sie sich um, ganz langsam, und mühte sich weiter, bis sie zur nächsten Wand kam. Und pang, mit dem Kopf gegen die Wand! Und dann stand sie ganz still da und machte ein fragendes Gesicht.

Aber es sollte noch schlimmer kommen.

Es war, als trügen ihre Beine sie nicht mehr. Wenn sie am Morgen aufwachte und Marcus oder Mina oder Moa oder Cissi ihr zu fressen geben wollten, schaffte sie es kaum aufzustehen. Lag nur da und sah melancholisch aus. Dann stellte sie sich langsam auf und zitterte am ganzen Körper, und man sah, dass sie Schmerzen hatte. Und es half auch nicht, wenn Marcus sich neben sie setzte und ihr übers Fell strich.

»Es geht ihr nicht gut«, sagte Großvater. »Man darf sich nichts vormachen. Sie ist zu alt. Erst wird man alt, dann wird man *zu* alt. Verstehst du?«

»Was passiert dann?«

»Dann läuft man pang gegen die Wand. Und dann war's das.«

»Ist es mit dir genauso?«

Aber darauf hatte Großvater nicht geantwortet; er fand wohl, dass das unnötig sei, oder er wusste nicht, was er sagen sollte. Aber in jenem Sommer 2005 begannen alle Enkelkinder zu verstehen, dass Mischa bald sterben musste.

Im Logbuch steht allerdings fast nichts darüber.

Es ist nicht leicht, über gewisse Dinge zu schreiben, besonders in einem Logbuch.

»Wer kommt mit zum Tierarzt?«, hatte Großvater gefragt. »Es ist hart mitzukommen, aber ich will, dass einer von euch es tut.«

Es wurde ganz still im Zimmer, und die Kinder saßen in einem Kreis auf dem Fußboden, und Moa fing an zu weinen, aber die anderen versuchten, sich zu beherrschen.

»Wer kommt mit?«, fragte Großvater noch einmal, und Cissi guckte an die Decke und hätte am liebsten getan, was Moa tat, aber Cissi war ja jetzt groß und ging mit einem rothaarigen Neunzehnjährigen.

»Wer will mitkommen?« Großvater ließ nicht locker. »Cissi? Nein. Moa? Mina? Nein. Gabriel? Nein, du bist ja erst sieben, das will ich nicht, du bist noch zu klein.«

Es wurde vollkommen still bei den Kindern.

»Marcus? Kommst du mit und gibst Mischa die letzte Spritze? Beim Doktor? Machst du es?«

»Ich komme mit, Großvater«, sagte Marcus. »Wenn Mischa es will, mache ich es.«

»Ich glaube, dass Mischa es will«, sagte Großvater.

Und so kam es, dass Marcus mitging damals, als Mischa im Sterben lag. So fing die Geschichte eigentlich an.

3. In der Nacht, bevor Mischa sterben sollte, konnte Marcus nur schwer einschlafen.

Er träumte davon, dass er Mischa besuchte, die in einem Bett im Krankenhaus lag. Und Mischa sagte, im Traum also, aber es war ganz deutlich, dass sie es sagte: *Marcus, mein Lieber, ich habe solche Schmerzen im ganzen Körper, dass ich glaube, jetzt ist es an der Zeit zu sterben.*

Es hörte sich beinahe schrecklich an.

Aber was mache ich dann?, hatte Marcus im Traum gesagt. *Was willst du, dass ich dabei tun soll?* Und da hatte Mischa sich im Krankenhausbett aufgesetzt und mit der Pfote gewinkt, als ob sie auf etwas zeigen wollte, und gesagt: *Du bist mein bester Freund, und wenn ich sage, dass du mir helfen sollst, dann musst du das tun!* Es klang wie ein Befehl, und Marcus fühlte sich im Traum fast so, als träten ihm bei alldem die Tränen in die Augen und als bliebe ihm die Luft weg. *Aber wie denn?*, hatte Marcus gefragt, aber da hatte Mischa fast feierlich gesagt: *Das wird dir offenbart werden! Und wenn ich sterbe, dann will ich direkt durch den Berg fliegen und auf der anderen Seite wieder hinaus und dann in dem blauen Tal mit Preiselbeeren und Wasserfällen landen.*

Und das Letzte klang so seltsam, dass Marcus wach geworden war und nicht wieder einschlafen konnte.

Das blaue Tal mit Preiselbeeren und Wasserfällen, so etwas konnte man einfach nicht sagen. Aber Mischa hatte es gesagt. Dann lag Marcus da und dachte: *Heute ist der Tag, an dem Großvater und ich mit Mischa zum Tierarzt gehen.*

Er hörte, wie Mischa dalag und wimmerte und Schmerzen hatte. Deshalb würden sie zum Tierarzt gehen, der dafür sorgen würde, dass Mischa einschlief und keine Schmerzen mehr haben musste, denn das hatte Großvater gesagt.

Marcus hatte versprochen mitzugehen, und es war ein bisschen schwer, er wusste nicht richtig, ob er wollte. Aber alle anderen Kinder, Cissi und Mina und Moa, saßen nur da und schluchzten und weinten und wanden sich. Also, sie gingen ihm *ein bisschen auf den Geist.* Und er wollte zeigen, dass zumindest er sich beherrschen konnte.

»Okay«, sagte er. »Also, ich komme mit zum Tierdoktor. Genug geredet«, fügte er noch hinzu.

Aber genau genommen hatte er ziemliche Angst. Da blickte Großvater ihn an und sagte eine Weile nichts, und dann sagte er, dass es so sicher gut wäre. Denn Mischa würde ihren besten Freund bestimmt gern bei sich haben, wenn sie sich jetzt auf den Weg machte.

»Zu dem blauen Tal mit Preiselbeeren und Wasserfällen«, hatte Marcus da gesagt, was für alle vollkommen unbegreiflich war.

In manchen Lagen, dachte Marcus, ist es besser, man ist unbegreiflich, als dass man gar nichts zu sagen hat. Besonders in *dieser* Lage.

So fuhren sie los. Es war gegen drei Uhr am Nachmittag. Großvater musste Mischa zum Auto tragen.

4.

Im Auto saß Marcus auf der Rückbank.
Er hatte den Sicherheitsgurt angelegt, um im Falle eines Zusammenstoßes das Unglücksrisiko zu mindern, und er hatte Mischas Kopf im Schoß. Mischa hatte keinen Sicherheitsgurt. Es gab keine für Hunde, aber Marcus hielt Mischa mit einem Sicherheitsgriff um die Mitte, falls es ein Unglück gab.

»Herrgott«, hatte Großvater einmal, ganz am Ende der Fahrt gesagt, was immer er damit meinen mochte; es war, nachdem Marcus angefangen hatte, ihn auszufragen.

Marcus hatte fast die ganze Zeit drauflos geplappert, damit er nicht daran zu denken brauchte, wohin sie fuhren.

»Wenn es so ist, dass wir Mischa beim Sterben helfen müssen«, hatte er gefragt, »wieso *müssen* wir das eigentlich?«

»Weil Mischa blind und fast gelähmt ist und wir ihr das Hinscheiden so schonend wie möglich machen wollen«, hatte Großvater gesagt. Da hatte Marcus gefragt, was *schonend* bedeutete, und es bedeutete, dass es nicht wehtun sollte. Da hatte Marcus eine Weile nachgedacht und gefragt, ob es immer so sein müsste, wenn man alt wurde. Wenn man blind wurde und gelähmt war.

Da hatte Großvater gesagt: »Ja, jedenfalls in diesem Fall. Also wo es um Mischa geht. Weil sie im Sterben liegt und wir sie so gernhaben.«

»Soll man es immer tun?«, hatte Marcus gefragt. »Soll man es auch bei Menschen tun?«

»Das ist eine schwere Frage«, hatte Großvater geantwortet. »Aber auf jeden Fall ist es richtig, es bei Mischa zu tun, weil sie uns so große Dienste erwiesen hat und wir sie lieben.«

»Aber wenn man darüber nachdenkt«, hatte Marcus erwidert, »wenn man darüber nachdenkt, also an dich, Großvater! Wenn du halb blind wirst und noch tüddeliger, als du manchmal sein kannst, sollen wir dir dann auch helfen zu sterben?«

»Ich bin doch ein Mensch!«, hatte Großvater mit beinahe lauter Stimme gesagt. »Und was meinst du eigentlich mit tüddelig?«

»Naja, tüddelig eben. Wenn du herumtaperst und so komisch die Beine streckst.«

»Aber hör mal!«, sagte Großvater und wurde fast wieder laut. »Das war, nachdem ich mir auf unserer ersten Expedition oben am Berg das Bein gebrochen hatte. Als ich euch aus der Gefahr gerettet habe! Das ist doch wohl etwas anderes!«

»Wieso?«, sagte Marcus. »Und was soll das heißen: dass *du* uns aus der Gefahr gerettet hast? Das waren doch wir, die …«

»Ich bin doch nicht blind und gelähmt!«, sagte Großvater beinahe böse.

»Ja, schon, aber du bist fünfundsiebzig in Menschenjahren, und das mal sieben, dann bist du in Hundejahren fünfhundertfünfundzwanzig Jahre alt, und das ist …«

»Du rechnest falsch!«, sagte Großvater ziemlich scharf und

bestimmt. »Du musst in die andere Richtung rechnen! Und ich bin kein Hund! Das ist ein gewisser Unterschied.«

»*Wieso denn?*«, sagte Marcus stur.

»Es *ist* ein Unterschied«, knurrte Großvater beinahe, oder vielleicht murrte er eher. Aber da fragte Marcus noch einmal, ob man es mit Menschen genauso machen müsste, besonders mit Großvater beispielsweise, denn er wäre ja ziemlich alt.

»Jaha! Jaha!«, sagte Großvater darauf ein paarmal.

Er wirkte beinahe böse, aber das lag wahrscheinlich daran, dass er schon um Mischa trauerte, die bald sterben sollte. Und da sagte Marcus (der sah, dass Großvater nicht mehr so froh und energisch wirkte): »Aber *wir haben dich doch gern*, und du hast uns doch auch *große Dienste* geleistet. Genau wie Mischa. Und wenn du blind wirst und total tüddelig, zum Beispiel, sollen wir dich dann auch zum Tierarzt bringen?«

»Ich bin nicht tüddelig!«, sagte Großvater, und da sagte Marcus zur Erklärung: »Aber Gunilla hat gestern auch gesagt, du wärst manchmal ganz schön tüddelig.«

Und da, genau da, hatte Großvater »**Herrgott!**« ausgerufen, aber da waren sie schon bei der Tierklinik angekommen.

Sie gingen hinein, und Großvater trug Mischa in den Armen. Er ging mit besonders energischen Schritten, aber Marcus tat, als sähe er es nicht, obwohl es ziemlich lustig aussah. Er ließ es auf sich beruhen und sagte nichts.

»Über dreißig Kilo Hund«, sagte Großvater.

Wozu die Bemerkung nun auch immer gut sein sollte.

5. Es kam ein Arzt im weißen Kittel, der Mischa über den Kopf streichelte und ihre Schönheit lobte, wenn man so sagen will, jedenfalls sagte er, sie habe einen ungewöhnlich schönen Kopf, obwohl sie das vielleicht immer sagten, bevor sie ihnen eine Spritze gaben, dachte Marcus.

Vielleicht gab es eine Regel dafür, was man in solchen Fällen sagen sollte.

Dann zeigte der Doktor ihnen den Weg in den sogenannten *Einschlafraum*. Der Raum maß drei mal fünf Meter und hatte kein Fenster. Er war in blauen Tönen gestrichen, und der Teppich war grün, und es standen zwei Stühle mit Armlehnen und weicher Polsterung darin. In der Mitte zwischen den Stühlen lag ein anderer Teppich. Großvater beugte sich ein bisschen mühsam hinunter und legte Mischa auf den Teppich; sie blickte ein bisschen verwundert auf, legte sich dann aber zurecht und sah in die Richtung, wo sie glaubte, Marcus zu finden. Es sah aus, als fragte sie sich, was eigentlich los war.

Da fing Marcus ein bisschen zu weinen an, riss sich aber gleich wieder zusammen.

Der Doktor sagte, diese erste Spritze sei nur dafür, dass man sich ruhig fühlen sollte, und da sagte Marcus: »*Ich will aber keine, ich bin ganz ruhig!*«

»Nein, die Spritze ist für Mischa und nicht für dich«, sagte der Doktor und erklärte, dass sie jetzt eine Weile dasitzen und in aller Ruhe mit Mischa reden könnten, bevor er hereinkäme und ihr die letzte Spritze gäbe.

»Worüber sollen wir denn reden?«, fragte Marcus.

Da sagte der Doktor, dass sie sie einfach an Dinge erinnern sollten, die sie zusammen gemacht und an denen sie Spaß gehabt hätten. Und dann gab er ihr die Beruhigungsspritze und ging.

»Herrgott!«, sagte Großvater noch einmal, aber diesmal beinahe lieb. Es war, als wüsste er nicht richtig, was er sagen sollte, als wären ihm die Worte ausgegangen. Eigentlich schluchzten sie beide ein wenig, Großvater und Marcus, nur Mischa war ganz cool. Aber Großvater sagte: »Jetzt müssen wir uns wirklich *zusammennehmen*! Oder *uns zusammenreißen*! Oder *uns ermannen*! Wir können nicht hier sitzen und traurig sein, denn dann wird Mischa vielleicht auch traurig, und das ist doch nicht der Sinn der Sache. Dafür sind wir doch nicht hierhergefahren, oder?«

»Nee«, sagte Marcus.

»Dafür hab ich dich doch nicht mitgenommen«, sagte Großvater.

»Okay«, sagte Marcus. »Soll *ich* beruhigend mit ihr sprechen, oder machst du es?« Und Großvater sagte: »Ja, sprich du mit ihr so beruhigend, wie es eben geht, ich glaube, du kannst das.«

Es war aber ziemlich hoffnungslos.

Und Großvater, der doch Schriftsteller war, konnte überhaupt keine Worte finden, gerade jetzt, wo sie am meisten gebraucht wurden.

»Kannst du mir mal erklären«, sagte Marcus da, »wie das ist, wenn jemand stirbt, ich verstehe das nicht. Wie kann es sein, dass wenn Mischa stirbt und sie keine Schmerzen mehr hat und nicht mehr blind ist und gegen die Wand läuft, sodass es im ganzen Schädel scheppert, dass wenn sie dann stirbt – ja, was macht sie dann eigentlich? Ich meine – verschwindet der ganze Körper oder nur der Kopf? Oder was steigt eigentlich in den Himmel auf? Kommt Mischa überhaupt in den Himmel? So wie du und ich?«

»Tja, der Himmel«, sagte Großvater mit ziemlich belegter Stimme, »also weißt du, das mit dem Himmel, das ist schwierig. Aber vielleicht kommen Hunde auch in den Himmel.«

»Vielleicht!«, sagte Marcus empört, denn er glaubte, in Großvaters Stimme eine Unsicherheit zu hören. »Wieso *vielleicht*?! Ist das nicht sicher?«

Aber Großvater hüstelte nur, um nach der leichten Erkältung, die ihn befallen hatte, die Atemwege zu reinigen.

»Stell dir vor«, sagte Marcus, »alle Hunde, die *entrückt* werden, wie du immer sagst, oder eher aufgerückt, also in den Himmel meine ich, oder die einfach ruck, zuck sterben, das gibt dann ja eine Masse Hunde, die sich da oben versammeln! Und manche sind ja bösartig und beißen … Muss Mischa sich mit denen allen da oben drängeln?«

»Nee«, sagte Großvater. »Das glaube ich nicht. Man wird bestimmt lieb und beißt nicht mehr, wenn man zum Himmel aufgerückt wird. Die bösartigen Hunde werden wohl … Tja, wie sagt man dazu?«

»Ausgewechselt?«, sagte Marcus. »Gegen liebe Hunde, die nicht beißen? Oder kommen sie irgendwohin, wo nur bösartige, bissige Hunde sein dürfen?«

»Das ist nicht eindeutig geklärt«, sagte Großvater.

»Aber wie funktioniert das denn, soll nicht der Körper hier auf der Erde bleiben?«

»Doch«, murmelte Großvater, der nicht mehr richtig folgen zu können schien und lange Pausen machte, bevor er antwortete. »Es ist nur der Geist, der den Körper verlässt«, sagte er dann erklärend.

»*Der Geist?*«, sagte Marcus. »Wieso?«

»*Die Seele*, heißt es wohl eher. Das, womit man denkt. Und womit man Freude und Traurigkeit spürt. Die *verdampft* sozusagen aus dem Körper, und die Hülle bleibt zurück. Sozusagen. Verstehst du?«

»Krass«, sagte Marcus und kraulte Mischa hinterm Ohr. »Krass! Sie *verdampft* also. Wie wenn man Wasser kocht?«

»Ja, die Seele verlässt das Irdische und lässt den Körper zurück«, sagte Großvater ein wenig unbestimmt, als hätte er es auswendig gelernt.

»Verdampft«, sagte Marcus. »Weiß Mischa davon, sodass sie keine Angst hat?«

»Ich glaube … Ich glaube schon«, sagte Großvater.

»Mischa«, sagte Marcus, nachdem er eine Weile ganz still dagesessen hatte, und seltsamerweise zitterte seine Stimme ein bisschen, obwohl es etwas Gutes und Schönes war, was er Mischa erzählen wollte. »Mischa … Es ist so, du musst also nicht … du brauchst keine Angst zu haben. Weil du … du verdampfst nur … Mischa. Du verdampfst einfach …«

6. Marcus hatte sich auf den Fußboden gesetzt und Mischas Kopf in den Schoß genommen. Er kraulte sie, und weil Großvater irgendwie feststeckte und ihm nichts mehr einfiel und er nur dasaß und sie anguckte, fing Marcus an zu berichten.

Er fand, dass es zwischen erzählen und berichten einen Unterschied gab. Wenn man berichtete, war es irgendwie feierlicher. Und der Doktor hatte sie ja aufgefordert, von lustigen Erinnerungen zu berichten und so. »Mischa«, sagte er und kraulte sie, »jetzt müssen wir uns an etwas Lustiges erinnern und davon berichten, wir müssen es, weil der Doktor es gesagt hat. Verstehst du, Mischa? Ich erinnere mich«, flüsterte er zu Mischa hinunter, deren Kopf ganz still in seinem Schoß lag, »wie wir vor ein paar Jahren im Sommer eine Expedition zum Dreihöhlenberg gemacht haben. Und wir hatten ein Basislager in der ersten Höhle, wo wir unseren Proviant aufbewahrten, Daim und Eis am Stiel und Bananen, aber hauptsächlich Daim, und alle waren dabei: Mina und Cissi und Moa und ich und Großvater. Und gerade als wir zur zweiten Höhle hinaufgekommen waren, fiel Großvater in eine Spalte, weil er so tüddelig war. Und brach sich das Bein. Und wir zogen ihn … schleppten ihn gemeinsam zu der zweiten Höhle hoch. Und wir waren alle zusammen, und du hast geholfen … geholfen …«

»Marcus«, sagte Großvater, »du brauchst nicht so viel zu erzählen. Nicht weinen, Marcus.«

»Und da war … die Wolfsmutter … die Wolfsmutter … mit ihrem kleinen Welpen, und sie waren in furchtbarer Lebensgefahr, weil ausländische Wolfsjäger sie töten wollten. Und es fing an zu regnen. Und wir mussten in der zweiten Höhle übernachten. Aber die Wolfsmutter war lieb und hat uns nichts getan, und Cissi und du, ihr habt beschlossen, loszulaufen und Hilfe zu holen. Und du warst die Einzige, die den Weg nach Söderås hinunter finden konnte, wo die Hilfe war, und trotz Strapazen und Gefahren hast du es geschafft … du hast es geschafft … ja, du hast es geschafft …«

»Marcus«, sagte Großvater. »Du musst nicht traurig sein, Marcus.«

In dem Moment war der Doktor hereingekommen.

Er sah nur auf Marcus und Mischa, wie sie dort auf dem Fußboden saßen, und er wusste wohl nicht recht, was los war. Aber Großvater nickte ihm nur zu und sagte, dass sie jetzt so weit wären.

Da beugte sich der Doktor nieder, er hatte eine Spritze in der Hand, und er piekte sie hinein, es ging ganz schnell. Mischa guckte einen Augenblick auf und sah irgendwie verwundert aus; dann legte sie sich langsam wieder hin, in Marcus' Schoß, schloss die Augen und schlief ein.

»Jetzt ist Mischa eingeschlafen«, sagte der Doktor und stand eine Weile still da und sah auf sie hinunter.

Marcus hörte auf, Mischa zu kraulen, hob vorsichtig die Hand und öffnete sie langsam, als wollte er zeigen, wie etwas gewissermaßen verdampfte. Als ob eine kleine Wolke von Mischa aufstiege.

»Jetzt verdampft Mischa hinauf zu dem blauen Tal mit Preiselbeeren und Wasserfällen«, flüsterte er.

Aber der Doktor und Großvater sahen ihn nur an, und es fiel

ihnen nichts ein, was sie sagen konnten, und dann ging der Doktor.

Und sie warteten eine halbe Stunde, denn das sollte man tun.

Man sollte eine halbe Stunde warten und an Mischa denken: wie sie gewesen war, bevor sie verdampfte, hinauf zu dem blauen Tal mit Preiselbeeren und Wasserfällen.

Dann nahmen sie Mischa mit zum Auto. Sie sollte zu Hause im Garten begraben werden, unter dem Apfelbaum im Garten.

»Willst *du* tragen, oder soll ich?«, fragte Großvater.

»*Ich* trage«, sagte Marcus. »Sie ist jetzt leichter.«

So nahmen sie Mischa mit. Marcus trug sie den ganzen Weg zum Auto.

7. Großvater grub ein Grab zu Hause im Garten in Waxholm. Das Grab war ungefähr einen Meter und zwanzig Zentimeter tief, sie wickelten Mischa in ihre Lieblingsdecke, und so wurde sie begraben.

Es war unter dem Apfelbaum.

Alle Enkelkinder waren versammelt. Cissi und Mina und Marcus und Moa standen da, und Großvater sprach ein kurzes Gebet, Marcus dankte als Vertreter der Kinder für das, was Mischa für sie alle getan hatte, Großvater streute ein paar Handvoll Erde über das Grab und sagte, was man bei Beerdigungen von Nächsten und Lieben, auch Hunden, sagen sollte, sozusagen als Abschiedsgruß, wenn sie davonsegelten in das große

Unbekannte, dann sollte man sagen: *Mögen Wohlergehen und Glück dir folgen auf allen sieben Meeren*, und danach sangen sie gemeinsam das Kirchenlied *Herrlich ist die Erde.*

So ging es zu, als Mischa starb.

Es war gewissermaßen der Anfang des Abenteuers mit dem Geheimnis der dritten Höhle. Neue Expeditionsmitglieder sollten hinzukommen. Mischa sollte einen Nachfolger bekommen. All das sollte im folgenden Sommer geschehen, als der Bär, der Wolf und die Schlange zurückkehren und sich ihnen anschließen sollten, in dem Sommer, in dem sie das Geheimnis der dritten Höhle lüfteten.

Das verlassene Zelt

1. Die Geschichte mit dem Bären, dem Wolf und der Schlange ereignete sich im Sommer 2006, ein Jahr nachdem Mischa gestorben war. In diesem Sommer wohnten Großvater und Gunilla im Haus am Fuß des Dreihöhlenbergs im westlichen Värmland.

Alle Kinder waren bei ihnen. Und ein Hund, der Pelle hieß.

Man kann schon ohne Hund leben, wie Großvater sagte. Aber für einen Schriftsteller wie ihn war es *naturwidrig*, keinen Hund zu haben.

Das Wort benutzte er oft. Marcus glaubte zu verstehen, was *naturwidrig* bedeutete. Dass etwas ganz unnatürlich war, ganz gegen die Natur. Aber Cissi, die gerade ihren ersten Freund hatte, der neunzehn und rothaarig war, fand, dass Großvater es ein wenig übertrieb. »Ein Hund ist wichtiger als ein Freund«, sagte Großvater zu ihr. »Freunde kommen und gehen, aber ein Hund wie Mischa – das schlägt alles.«

Cecilia fand, dass das unreif klang. Aber einmal änderte sie ihre Meinung beinahe und war sich mit Großvater einig: Cecilia – oder Ia, wie sie früher genannt wurde, jetzt hieß sie Cissi – hatte Großvater eines Samstags angerufen, als sie voller Wut mit dem rothaarigen Neunzehnjährigen Schluss gemacht hatte, und da war sie sich mit Großvater darin einig gewesen, dass ein Hund trotz allem etwas Menschlicheres und Haltbareres war als ein rothaariger Freund. Aber am Sonntag hatte der Rothaarige einen Waffenstillstand vorgeschlagen, und sie hatten sich wieder *in Liebe und Eintracht vereint*, und Cissi fand, dass ein Freund trotz allem besser war als ein Hund.

Aber Großvater und sie waren sich in der Hundefrage dennoch irgendwie nähergekommen.

Im Sommer galt es, das Rudel zusammenzuhalten. Alle Enkelkinder fuhren nach Söderås, unter Großvaters und Gunillas *fürsorglicher Leitung*. An den Abenden sprachen sie ein Abendgebet, darauf bestand Großvater. Er hatte vor ungefähr siebzig Jahren seiner Mutter das heilige Versprechen gegeben, mit seinen Kindern immer ein Abendgebet zu sprechen. Sie beteten mit gefalteten Händen um Gottes Schutz gegen dieses oder jenes. Die Kinder fanden, dass es eine Qual sein musste, Gott zu sein oder noch schlimmer: Jesus. So viele Gebete und Aufträge!

Aber das Gebet sollte immer beendet werden mit den Worten *Und lieber Gott, behüte Gunilla und P. O., denn die sind trotz allem nicht das Schlechteste.* Danach sollte es *Amen!* heißen, und anschließend gab es stürmischen Applaus.

Aber häufig war es so, dass Großvater und die Kinder sich mehr auf einen Hund verließen als auf einen Menschen, wenn es darum ging, das Rudel zusammenzuhalten.

2. Großvater, Marcus und Mina waren am 21. November 2005 gegen fünf Uhr nachmittags gemeinsam nach Söderhamn hinaufgefahren, um Mischas Nachfolger abzuholen, der, so hatten sie beschlossen, Pelle heißen sollte.

Pelle war ein Hund, ein Mittelschnauzer.

Tatsächlich hatte Großvater diesmal den Namen bestimmen dürfen. Als er klein war, hatte Großvater wegen seiner strengen Mutter, die Lehrerin in Hjoggböle war, keinen Hund haben dürfen. Eine Katze übrigens auch nicht. Und als er groß geworden war und ein paarmal geheiratet hatte, ziemlich oft übrigens, hatten seine Frauen es ihm auch nicht erlauben wollen, einen Hund zu haben. Weil sie haarten. Die Hunde also.

Großvater hatte eines Abends, als Märchenstunde war, den Enkelkindern erzählt, wie er oft im Dunkel der Nacht neben seinen Frauen gelegen habe, neben *einer nach der anderen* natürlich und nicht gleichzeitig, wie er da geschluchzt und sich nach einem Hund gesehnt habe. Aber von wegen, dass er einen bekommen hätte! Die Frauen hatten sich bedankt, kein Hund, nix da! Kommt nicht infrage. Sie haaren! Hatte eine Frau nach der anderen gesagt. Aber wie er so im Dunkeln lag und schluchzte, hatte er eins ganz fest beschlossen: Sollte er einmal eine Frau finden, die ihm erlaubte, einen Hund zu haben, dann sollte der Hund Pelle heißen.

Knallhart. Irgendwann hatte er endlich eine Frau gefunden, die mit einem Hund einverstanden war, aber dann sollte der Hund Fanny heißen! Also suchte er weiter und fand eine neue Frau, die mit einem Hund einverstanden war, und *endlich durfte der arme kleine Hund Pelle heißen*!

Jetzt lag Großvater nie mehr im Dunkeln und schluchzte, erzählte er den Enkelkindern. Und er war immer fröhlich.

Und wenn er zum Ende seiner langen Erzählung von den Hunden und den bösen Frauen kam, die ihm einen Hund verboten hatten oder den Hunden die falschen Namen geben wollten, wenn er erzählte, wie am Ende doch noch alles glücklich ausging, da jubelten die Kinder und brachen in stürmischen Applaus aus, außer Cissi, die sich irgendwo mit ihrem rothaarigen Neunzehnjährigen herumtrieb.

Pelle war acht Wochen alt, als sie ihn holten, und Marcus hatte sich mit dem Züchter in ein langes Gespräch darüber vertieft, welche Eigenschaften der Welpe hatte oder noch entwickeln konnte. Keine komischen Eigenschaften, außer dass Marcus im Gespräch mit dem Züchter verlangt hatte, dass der kleine Welpe *mittels Strahlung Botschaften übermitteln* können sollte.

Marcus hatte, obwohl er erst neun Jahre alt war, einen Film mit dem Titel *Shining* gesehen, der für Kinder knallhart verboten war. Seitdem wusste er, dass es Strahlung gab.

Der Film war gruselig. Der Vater im Film war ein Schriftsteller, der nicht schreiben konnte und deshalb nervös wurde und mit einer Axt Löcher in die Tür schlug und sagte: »Jetzt ist Papa zu Hause!« Großvater sagte, dass es allen Schriftstellern, wenn sie nicht schreiben konnten, so erging, dass sie nervös wurden und zur Axt griffen. Im Film war es ein kleiner Junge, der Strahlung hatte, und der hatte einen Kumpel, der ein alter Onkel war. Der konnte auch Botschaften herüberstrahlen und war der Einzige, der den Strahljungen ernst nahm. Und fast alle fanden, dass die Sache mit der Strahlung Unsinn war, sodass es am Ende nur der Strahljunge und der Strahlonkel waren, die zusammen funktionierten. Aber dass es Strahlung gab, war bewiesen. Sie durfte jedoch nur in lebensgefährlichen Situationen benutzt werden.

Wie zum Beispiel bei den Vorfällen am Dreihöhlenberg vor drei Jahren. Als Großvater so hilflos und gebrochen, also beingebrochen gewesen war. Allerdings hatte er sich anschließend zusammengerissen und ein dokumentarisches Buch über die Ereignisse geschrieben, mit Marcus als Superheld, und als Marcus davon erfuhr, hatte er gesagt: »Nicht schlecht! Ein Dokumentarbuch?« Aber dann so getan, als wäre das gar nichts Besonderes.

»Strahlungsfähigkeit«, hatte Marcus dem verwirrten Hundezüchter erklärt, »ist eine Art stumme Rede. Ein Hund muss sich *einstrahlen* können in, ja, Mina zum Beispiel. Wenn Mina in großer Not ist, muss sie zum Beispiel die Strahlung von einem Rettungshund wie Pelle wahrnehmen können.«

»Hör auf!«, sagte Mina.

»Das ist die reine Wahrheit«, sagte Marcus zu ihr.

»Hör auf!!!«

»Die Wahrheit. Da kannst du schnauben und *holy shit* sagen, so viel du willst.«

»*Holy shit*«, sagte Mona. »Aber ich finde den Welpen süß, ob mit oder ohne Strahlung.«

»Du sollst nicht einmal auf Englisch fluchen!«, sagte Großvater.

Mina hatte einmal, vor drei Jahren, in einem klammen Schlafsack tief im Dunkel der zweiten Höhle gelegen, das Wolfsjunge an sich gedrückt, und hatte am Höhleneingang die angeschossene Wolfsmama zu ihrem Jungen zurückkehren sehen. Wenn ich da keine Angst gehabt habe, dachte sie später, dann werde ich später im Leben nie wieder Angst haben. *Holy shit!*

Stark und knallhart entschlossen. Das war ich damals, sagte sie zu sich selbst. Aber als Mischa begraben wurde, stand sie doch unter dem Apfelbaum und weinte. Sie begriff nicht, wie Marcus am Grab eine Rede halten konnte. Sogar Großvater heulte.

Danach legten sie ein großes Schneckenhaus aufs Grab. »Ein Hund hat das Recht, unter einem Apfelbaum zu ruhen, wenn er still dahingeschieden ist«, hatte Großvater gesagt.

»Verdampft«, hatte Marcus gesagt.

3. Pelle war ein Hund. Er war *das Große* in diesem Sommer, in dem sich alle im Haus am Fuß des Dreihöhlenbergs versammelten.

Pelle war in dem Sommer noch nicht richtig ausgewachsen, ein mittelgroßer Hund mit unglaublich großem Schnauzer. Schnauzer bedeutet Schnurrbart. Daher der Name. Pelle war klug und mutig, und wenn ein größerer Hund kam und bellte und die Zähne bleckte und sabberte, bekam Pelle nie Angst, er trat nur ruhig einen Schritt zurück und wedelte mit dem Schwanz.

Pelle hatte nur vor einem Angst, und das war Wasser.

Als er noch richtig klein gewesen war, war er einmal in ein Eisloch gefallen, und seitdem verabscheute er Wasser. Nur wegen einer Pfütze auf der Landstraße konnte er einen Riesenumweg machen. Vor Wasser hatte er eine Heidenangst, aber Marcus fand, dass das gut war und auf einen starken Charakter schließen ließ.

Wenn jemand fragte, wie das denn ein Zeichen für einen starken Charakter sein konnte, sagte Marcus nur, dass Pelle nicht rauchte, und wenn das kein Beweis für einen starken Charakter war, was dann.

Man wusste nie richtig, wann Marcus etwas ernst meinte.

Es war im Sommer 2006, als die Geschichte mit der verfälschten Karte passierte.

4. Großvater zeichnete Karten. Darin war er gut. Es waren Orientierungskarten mit allen Zeichen darauf, und er zeichnete sie mit der Hand. Das hatte er getan, seit er noch ein kleines Würmchen war, sagte er, und er hatte damit angefangen, Karten des Dorfs zu zeichnen, in dem er geboren war, sehr detailliert, mit Höhenlinien und Wald und Bebauung. Zuerst hatte er die Karten genau so gezeichnet, wie alles war, dann hatte er angefangen, verfälschte Karten zu zeichnen, mit Bergen, die es nicht gab, und Häusern und Schluchten, die in der Wirklichkeit nicht existierten, wo man aber im Falle eines Krieges Panzersperren bauen konnte. Ja, so hatte er über die verfälschten Karten fantasiert. Und so hatte er seine Orientierungskarten auf Butterbrotpapier gezeichnet, in der Küche der Hütte, in der *er und seine Mutter ein kärgliches Leben gelebt hatten*, wie er sich ausdrückte, wenn er bei der abendlichen Märchenstunde von den Enkelkindern *Mitgefühl und anhaltenden Applaus* einheimsen wollte.

Aber Marcus hatte herausgefunden, wie es in Wirklichkeit gewesen war. Und so ärmlich war es keineswegs gewesen. Sie hatten jeden Tag zu essen gehabt, aber manche taten eben *alles* dafür, Applaus einzuheimsen, wie Cecilia einmal nach einer Märchenstunde sagte, als er erzählt hatte, wie er und seine arme Mutter Baumrinde essen mussten, um nicht zu verhungern. Das war, bevor sie keine Zeit mehr für Großvaters abendliche Märchen hatte, wie er ein wenig bitter anmerkte.

Großvater konnte also Orientierungskarten zeichnen.

Das sollte eine gewisse Rolle spielen bei dem, was eine Woche nach der Wiedervereinigung der Kinder in dem Haus unter dem gewaltigen Berg mit den drei Höhlen passierte; dem Haus, das Söderås hieß.

Und das drei Jahre zuvor das Basislager eins bei der Besteigung des Berges gewesen war.

5. Das Haus lag am Fuß des Berges.
Unterhalb des Hauses lag ein See. Er lag ungefähr zweihundert Meter vom nördlichen Hausgiebel entfernt. Der See hieß Vällen. Er war ziemlich schmal, nur hundert Meter breit, aber sehr lang, vielleicht zwölf Kilometer, und er reichte bis nach Norwegen hinein.

Im Sommer kamen oft Kanufahrer, die ihre Tour in einer norwegischen Stadt begonnen hatten. Sie waren dem Seensystem gefolgt, das aus dem Fluss, Wasserfällen und Seen bestand, und kamen also von Westen in den Vällen. Dann fuhren sie weiter, nachdem sie die Kanus um die Stromschnellen, die den Vällen abschlossen, herumgetragen hatten, und gelangten nach Arvika auf der schwedischen Seite.

Das bedeutete, dass die Touristen die Grenze zwischen Norwegen und Schweden passierten, ohne durch eine Grenzkontrolle zu müssen.

Im Zweiten Weltkrieg waren die Wälder und das Seensystem um Helgeboda und den See Vällen dazu benutzt worden, Flüchtlinge aus dem besetzten Norwegen nach Schweden hinüberzuschmuggeln und so zu retten; das war vor siebzig Jahren gewesen.

Aber der See lag noch immer da, in diesem Sommer 2006. Und das sollte sich als bedeutungsvoll erweisen.

Am Morgen des 21. Juni 2006 lag ein leichter Nebel über dem See. In dem Logbuch, das jeden Tag geführt wurde und für das Gunilla als Chefsekretärin verantwortlich war, steht verzeichnet: »10 Uhr 45, P.O. mit dem Boot und Marcus und Gabriel hinaus. Pelle assistiert vom Strand.«

Es war aber nicht so sonderbar, wie es sich anhört.

Das Boot war ein Ruderboot aus Kunststoff, es war leicht zu rudern, hatte aber nicht für alle Platz, und Großvater hatte bestimmt, dass zwei auf jeden Fall mitkommen konnten, allen voran Gabriel, der in seinem ganzen Leben noch nicht geangelt hatte und deshalb ein bisschen geknickt war, denn die meisten in seiner Klasse konnten angeln. Jetzt würde er zum ersten Mal die Angel auswerfen; bisher hatte er nur Trockenübungen gemacht, auf dem Rasen. Die Aufzeichnung »Pelle assistiert vom Strand« bedeutete nur, dass Pelle – jetzt bald ein Jahr alt – immer noch unglaubliche Angst vor Wasser hatte und sich strikt weigerte, auch nur eine Pfote in das Ruderboot zu setzen. Das sollte sich in ein paar Stunden ändern, aber davon wusste noch keiner etwas.

Pelle lief am Ufer entlang und folgte unruhig den drei Freunden draußen im Ruderboot. Ihm zuliebe ruderten sie ziemlich dicht am Ufer.

Sie ruderten nach Westen. Pelle huschte wie ein schwarzgrauer Schatten durch den dichten Uferwald. Er ließ keinen Laut hören. Er bewachte sie nur.

»Pelle hält das Rudel zusammen«, sagte Marcus.

»Dann sind wir sicher«, sagte Großvater.

Genau da geschah etwas. Und danach sollte in diesem Sommer nichts mehr richtig so sein, wie es gewesen war.

Es war ungefähr eine halbe Stunde vergangen – aber es gab keine Eintragung darüber im Logbuch, weil es zu Hause in Söderås bei den Frauen lag –, eine halbe Stunde war also vergangen, und man war langsam vielleicht einen Kilometer am Ufer entlanggerudert, als der bis dahin ganz und gar lautlose Pelle plötzlich zu bellen begann.

Er war bisher still durch den dichten Uferwald gelaufen und gesprungen, vor allem Krüppelkiefern und Birken wuchsen da, aber jetzt begann er plötzlich zu bellen. Es war das *kompromisslose Warnungsbellen*, das er hören ließ, wenn sich ein Fremder unangemeldet dem Haus näherte: vielleicht ein Feind, vielleicht ein Dieb. Das Warnungsbellen war grob und drohend, und wenn man sich an die sanfte, liebe, flehende Stimme gewöhnt hatte, mit der Pelle anzeigte, dass er spielen oder Gassi gehen wollte, oder mit der er seine Liebe beteuerte, dann bekam man es fast mit der Angst zu tun, wenn es ertönte. Und jetzt klang es grob und heischend und bedrohlich vom Uferwald herüber.

»Was hat er denn?«, sagte Gabriel. »Er bellt doch sonst nie.«

Großvater hielt die Ruder über dem Wasser, und das Boot glitt langsam vorwärts. Das Wasser war spiegelglatt.

»Da ist was«, sagte Marcus.

»Was denn?«, flüsterte Gabriel.

Das Boot war jetzt nur noch fünf Meter vom Ufer entfernt und lag ganz still. Sie sahen Pelles Schwanz. Er hatte die Schnauze auf etwas gerichtet, was zuerst wie ein Stück Stoff aussah.

»Sehr komisch«, sagte Großvater.

»Was ist es denn?«, sagte Gabriel.

Pelle stand ganz starr und steif da und knurrte leise.

Jetzt sahen sie, was er ihnen hatte zeigen wollen. Es war ein Zelt, und kein kleines, fast ein Vorratszelt, in dem bestimmt vier, fünf, sechs Personen Platz fanden. Das Zelt war im dichtesten Uferwald zwischen die Bäume geklemmt, als hätte es jemand verstecken wollen.

»Komisch«, sagte Großvater. »Ich glaube, das sehen wir uns einmal an.«

»Meinst du?«, sagte Gabriel. »Vielleicht ist es verlassen.«

»Komisch«, sagte Großvater und ließ das Boot näher herangleiten. Pelle kam ans Ufer gelaufen, kehrte aber dann zurück und knurrte die ganze Zeit dumpf.

»Sehr komisch«, sagte Großvater, der sich manchmal merkwürdig oft wiederholte, als fehlten ihm die Worte, was bei seinem Beruf eigentlich nicht vorkommen dürfte – komisch war das.

»Und wenn da drinnen eine Leiche liegt«, sagte Marcus, »wenn da eine Leiche liegt, Großvater ... so eine verfaulende Leiche ...«

»Warum sollte da eine Leiche liegen?«, sagte Gabriel und

setzte sich auf Großvaters Schoß, und Großvater ließ es geschehen.

Die Spitze des Bootes stieß jetzt ans Ufer. Pelle starrte unverwandt auf das Zelt, das, wie sie jetzt sahen, tatsächlich groß war, vielleicht fünf Meter lang. Eine der Zeltstangen hatte sich gelöst, und die Zeltplane hing auf der linken Seite schlapp herunter. Es war 11 Uhr 35 am Montag, den 21. Juni 2006, und vor dem Zelt waren ein Lagerplatz und ein Lagerfeuer mit schwarzer Kohle. Marcus sprang an Land wie ein kleiner Panther und befühlte routiniert die Kohlestücke, denn Großvater hatte erzählt, dass man das früher in den Jungensbüchern mit Lederstrumpf und dem letzten Mohikaner so gemacht hatte.

»Nicht warm, in den letzten Stunden hat es nicht gebrannt«, flüsterte er wie ein routinierter Spurensucher.

»Warte«, sagte Großvater. »Da ist etwas komisch an der Art, wie das Zelt hier steht.«

»Wollen wir nicht lieber nach Hause fahren?«, sagte Gabriel, aber Großvater schüttelte nur den Kopf. Und plötzlich tauchte Pelle in die Zeltöffnung ein, es schien, als ob er im Inneren mit den Pfoten an etwas kratzte. Marcus rief ihn, und schon nach ein paar Sekunden kam Pelle zurück, und er hatte etwas in der Schnauze, das beinahe wie ein Stück Holz aussah, aber keins war, und auf einmal sahen sie alle, was er gefunden hatte: ein zerlesenes altes Buch.

»Rührt euch nicht!«, sagte Großvater. »Ruft Pelle und nehmt ihn an die Leine. Ich will als Erster hineingehen.«

Er hob die Plane an, zögerte eine Sekunde und verschwand dann im Zelt.

Kein Windhauch. Totenstille.

»Aber ich sollte doch angeln«, sagte Gabriel unglücklich. »Ich will keine verfaulenden Leichen angucken, ich will angeln.«

Alle spürten auf einmal, wie heiß die Sonne war. Sie schwitzten. »Ich will keine Leichen angucken«, sagte Gabriel. »Ihr habt gesagt, ich darf angeln.«

»Still!«, sagte Marcus. »Du musst still sein, Gabriel.«

Wenn sie geahnt hätten, was für Folgen sich aus dem, was sie hier fanden, ergeben sollten, wären sie vielleicht nicht ins Zelt gegangen. Aber jetzt gingen sie hinein.

Die litauische Karte

1. Es war 11 Uhr 42 am Montag, dem 21. Juni 2006; die drei hatten ein Zelt entdeckt, aber mit dem Zelt stimmte etwas nicht.

Wozu war es benutzt worden?

Etwas stimmte ganz offensichtlich nicht. Alle drei, Großvater, Marcus und Gabriel, hatten ein ungutes Gefühl, wussten aber nicht, warum. Etwas war sonderbar mit dem Zelt, aber vor allem mit der Stelle, wo es aufgebaut war. Es sah aus, als hätte man es zwischen die Büsche gepresst. Als ob das Zelt sich … verstecken wollte? Aber ein Zelt hatte doch wohl keinen eigenen Willen? Also hatte *irgendetwas* oder *irgendjemand* sich verstecken wollen.

War es das, was Pelle gespürt hatte?

Sie wussten, dass Pelle nie Angst hatte. Vor nichts. Aber er war auch nie aggressiv. Er biss nie andere Hunde, und er ließ die Kinder sich mit ihm balgen. Er fühlte sich verantwortlich für die Kinder, Pelle war dazu erzogen, ein Rudel oder eine Herde zusammenzuhalten. Aber jetzt war er beunruhigt. Er hatte etwas verstanden, wovon die anderen noch nichts wussten.

»Pelle, du musst die *Hundestrahlung* einschalten, wenn etwas ist«, sagte Marcus nervös.

Pelle drehte den Kopf und sah Marcus missbilligend an, als gefiele es ihm nicht, belehrt zu werden. Oder zurechtgewiesen. Oder auf etwas gestoßen zu werden, was er schon gut wusste. Oder was das Schlimmste wäre: dass man sich einen Spaß mit ihm erlaubte. Man soll mit einem Hund nie Scherze treiben. Das ist bei Hunden wie bei Kindern, hatte Großvater erklärt. Pelle, der wusste, was *Strahlung* war, aber nicht fand, dass man mit so ernsten Dingen Scherze treiben sollte, ließ den Gegenstand, den er in der Schnauze getragen hatte, fallen, hörte auf zu knurren und folgte Großvater ins Zelt.

Einer oder mehrere hatten in dem Zelt geschlafen.

Auf jeden Fall lag an der einen Längsseite eine zerdrückte Decke. In einer Ecke lagen ein paar ziemlich schmutzige Pappteller und fünf leere Bierflaschen von einer Sorte, die in Schweden nicht verkauft wurde. Einen Spirituskocher gab es. Der Boden war mit Zeitungspapier übersät, aber es lag auch ein weißer Stoffsack da, nein, drei Säcke. Sie schienen Essen enthalten zu haben, oder Kleidung, aber was von beidem, war nicht auszumachen. Großvater hob einen der Säcke auf, nein, er war leer. Er roch daran und saß anschließend eine Weile ganz still auf dem Boden des Zeltes und starrte geradeaus vor sich hin.

»Wo sind sie, Großvater?«

Marcus war mit Pelle hereingekommen.

»Ich weiß nicht.«

»Was haben sie hier gemacht?«

Großvater blickte sich aufmerksam im Zelt um. Eine leere Lederaktentasche stand an die Zeltwand gelehnt. An ihrem Griff war ein Zettel befestigt, der von einem Flugplatz war, und darauf stand *Gardermoen.*

»Komisch«, sagte Großvater. »Der Flugplatz von Oslo. Warum haben sie die kleine Tasche nicht als Handgepäck mitgenommen?«

Pelle knurrte auf einmal. Das Knurren schien etwas zu bedeuten.

»Hör auf, Pelle!«, sagte Großvater. »Entweder *hundestrahlst* du deutlich oder gar nicht. Wenn du nur ganz allgemein GEFAHR strahlst, werden wir nur nervös. Denk an die Kleinen! Gabriel zum Beispiel!«

Das Letzte sagte er mit ziemlich leiser Stimme, denn Gabriel, der sieben war, mochte es nicht, klein genannt zu werden. *Die Kleinen!*

Sie sahen die zerrissenen Zeitungen in einer Ecke und das Datum darauf: zwei Tage alt. Großvater wendete einen der leeren Stoffsäcke von innen nach außen. Ganz unten im Saum war etwas Weißes; er befeuchtete den Finger, strich damit am Saum entlang, steckte den Finger in den Mund, schmeckte und erstarrte.

»Was ist das?«, fragte Marcus, der halb drinnen, halb draußen in der Zeltöffnung saß.

»Zucker ist es jedenfalls nicht«, sagte Großvater wie zu sich selbst. »Ich glaube, es ist ein sehr kleines Paket, das kaputt gegangen ist. Pelle, was ist das?«

Pelle kam heran und schnüffelte lange. Dann geschah etwas Eigenartiges: Er zog sich, beinahe fauchend, zurück. Schritt für Schritt.

Und er wedelte nicht mit dem Schwanz.

Es folgte ein Schweigen wie nach einem heftigen Gewitter.

»Ich fürchte … wir bekommen Probleme«, sagte Großvater mit angestrengter Stimme. »Große Probleme.«

»Was ist das denn?«, fragte Marcus noch einmal, aber Großvater antwortete nicht. Er sagte nur mit besorgter Stimme: »Wo ist Gabriel?«

»Er sitzt im Boot«, sagte Marcus.

Großvater drehte sich um und steckte den Kopf aus der Zeltöffnung. Er sah, dass Gabriel auf der Ruderbank saß, die Ruder eingezogen hatte und ein bisschen angespannt aussah.

»Habt ihr eine Leiche gefunden?«, fragte Gabriel mit dünner Stimme.

»Noch nicht«, sagte Marcus ganz cool, aber auch seine Stimme zitterte ein wenig.

»Was soll ich tun?«, fragte Gabriel.

Marcus kam jetzt auch heraus. Er stellte sich ein wenig breitbeinig hin, als wollte er demonstrieren: *Mit uns ist nicht gut Kirschen essen!* Aber er sah auch, dass Gabriel ein bisschen verkrampft aussah, deshalb sagte er nur: »Behalte den Horizont im Auge! Wenn jemand kommt, brauchst du nur Bericht zu erstatten.«

»Den Horizont?«

»Wenn der Feind angreift. Am Horizont.«

»Hör auf, Marcus!«, sagte Großvater.

Die Nebelschwaden über dem Wasser hatten sich verzogen, und man konnte weit nach Westen blicken, weit nach Norwegen hinein. Alle wussten, dass etwas nicht war, wie es sein sollte; es lag etwas in der Luft, aber keiner wusste genau, was es war. Großvaters Blick fiel plötzlich auf das Buch, das Pelle in der Schnauze getragen hatte, als er aus dem Zelt kam, und das sie zunächst für *ein ganz gewöhnliches Buch* gehalten hatten. Jetzt griff er danach. Einen kurzen Moment stand er wie versteinert da und sah auf das Buch in seiner Hand, dann öffnete er es vorsichtig.

»Was zum Teufel …«, sagte er fast flüsternd. *»Was zum Teufel ist das hier?«*

Ein Fluch!

Gabriel und Marcus wussten beide, dass Großvater nicht fluchen durfte, denn seine Mutter hatte es ihm verboten, als er klein war. Marcus hatte als Einziger und als besonderen Gunstbeweis den wahren Bericht über *Großvater als Kind und das Fluchen* anhören dürfen. Darüber, wie *sündig* das Fluchen war. Wenn Großvater es tat, würde er es nicht schaffen, in den Himmel zu kommen, wenn er starb. Wenn er fluchte. Und starb. Dann würde er das mit dem Himmel nicht schaffen.

Solche Sachen erzählte er den Enkelkindern in der Andachtsstunde – oder besser Märchenstunde – am Abend, wenn er wirklich wahre Berichte darüber ablieferte, wie entsetzlich bedrückend es in seiner Kindheit gewesen war. Zum Beispiel tischte er die Geschichte auf, wie sein Vater starb und *zum Himmel hinauf verdampfte*, als er selbst erst sechs Monate alt war. Genau wie Mischa es getan hatte, als sie die Spritze bekam. Und jetzt saß sein Papa an der rechten Seite Gottes und fand es vielleicht ein bisschen langweilig, denn da oben im Himmel durfte man sonntags nicht Fußball spielen.

Das durfte Großvater übrigens auch nicht, als er klein war. Also *obwohl* er lebte. Und seine anderen Kumpel – er hatte übrigens gar keine Kumpel – durften!

Wenn er erzählte, wie furchtbar leid es einem um ihn tun konnte, als er klein war, *keine Freunde und nur Rindenbrot kauen und nicht Fußball spielen dürfen*, dann fingen Moa und Malva aus Mitleid an zu weinen, aber die Jungs nahmen es nicht so ernst. Und wenn man nur kräftig applaudierte, wenn er fertig erzählt hatte von all dem Traurigen, dann wurde er gleich wieder froh und munter.

Aber jetzt hatte er vorsichtig an dem weißen Zeug geschmeckt, das in dem Sack zurückgeblieben war, und geflucht: *Was zum Teufel …?* Das hatte er gesagt und war trotzdem nicht angemeckert worden. Und Pelle, der eine so empfindliche Nase hatte, dass er einen Furz auf sechshundertvierzig Meter Entfernung riechen konnte, wenn nicht zu starker Gegenwind war – Pelle stand stocksteif, und sein Fell sträubte sich. Alles war so komisch, dass Marcus und Gabriel nichts sagten, sondern nur auf das Buch in Großvaters Hand starrten.

Er drehte es vorsichtig um, und ein Stück Papier fiel heraus. Er nahm es, stand ein paar Sekunden mit gefurchter Stirn da und starrte darauf. Es schien eine Karte zu sein. Dann ließ er das Papier fallen und sah wieder in das Buch.

»Was ist?«, fragte Marcus. »Was ist das für ein Buch?«

2. Gabriel hatte sich jetzt in den Bug des Bootes gesetzt. Es sah aus, als wollte er an Land springen und sich zu den anderen gesellen. Pelle begann auf einmal zu winseln und verschwand wieder im Zelt.

»Dieses Buch hier«, sagte Großvater leise und immer noch ganz verblüfft, »ist in Vilnius in Litauen gedruckt und heißt … *Triju urvu kulnas.* So heißt es tatsächlich. Und wenn ich auch nicht viel Litauisch lesen kann, so weiß ich zufällig, was das bedeutet.«

»Was denn?«, fragte Marcus beinahe ungeduldig. »Und warum liegt es da?«

»Das bedeutet *Der Dreihöhlenberg.* Auf Litauisch. Es ist das Buch, das von unserer Expedition auf den Berg vor drei Jahren handelt, von der Wolfsmutter und dem Bären und alldem. Und es wurde in eine Menge Sprachen übersetzt, unter anderem ins Litauische*. Und wenn du guckst, hier … Hier ist eine Unterschrift, das Buch ist signiert, von mir! Und ich erinnere mich, dass ich im März 2003 in Vilnius war, aber ich kann mich … ich kann mich überhaupt nicht erinnern …«

* Auf Deutsch heißt das Buch »Großvater und die Wölfe«.

»*Signiert*«, sagte Marcus, »das bedeutet, dass du ...«

»Dass ich meinen Namen hineingeschrieben habe.«

»Hast du es jemandem geschenkt?«

»Nein. Wahrscheinlich hat jemand das Buch gekauft und wollte meine Unterschrift darin, weil ich es geschrieben habe ... Aber warum ...? Wie ...?«

»Weißt du nicht, wem du deinen Namen ins Buch schreibst?«, sagte Marcus.

»Nein, nicht in diesem Fall.«

»Das ist aber unvorsichtig! Dass du es nicht weißt!«

»Ich wünschte, ich wüsste es.«

Sie standen beide da und starrten auf das ziemlich dünne Buch, das von jenen Wochen in ihrem Leben handelte, die sie nie vergessen würden. Dann bückte sich Marcus und hob das Papier auf, das auf dem Boden gelandet war.

»Eine handgezeichnete Karte«, sagte er.

»Aber die ist nicht von mir«, sagte Großvater. »Unangenehm.«

»Warum denn?«, fragte Marcus.

Großvater ging auf die Knie, legte das Papier auf die Erde und das Buch daneben. Er schlug das Buch auf.

Eine Karte. Sie war auf den Seiten 36 und 37 abgedruckt.

»Hast *du* die Karte gezeichnet?«, fragte Marcus.

»Weil sie eine wollten«, sagte Großvater. »Der Verlag in Litauen wollte sie. Sie fanden, es sollte ein bisschen was hermachen. Wie die Karten in *Der Herr der Ringe*. Also habe ich eine Zeichnung vom Berg und vom Weg hinauf und vom Dorf gemacht ... und ...«

Marcus beugte sich vor und zeigte auf die Karte. »Und von den drei Höhlen«, sagte er nachdenklich.

Er nahm den losen Bogen, der auch eine Karte war, und hielt sie neben die andere. Kein Zweifel, es war die gleiche Landschaft: das Dorf Helgeboda, der Dreihöhlenberg, der Wald, die Schluchten, die Häuser. Das *Folkets Hus* war auf Großvaters Karte als Denkmal gekennzeichnet.

»Aber sie unterscheiden sich«, sagte Marcus. »Sie weichen ein wenig voneinander ab. Ist deine oder ihre die …«

»Was meinst du?«

»Eine ist wahr, und eine lügt ein bisschen!«, sagte Marcus. Und im selben Moment fing Pelle an zu knurren, wenn auch leise.

»Du hast recht«, sagte Großvater. »Eine ist richtig, und eine ist falsch. Jetzt kommt es darauf an zu begreifen, warum. Und warum dieses litauische Buch …«

Plötzlich hörten sie Pelle sehr laut und eindeutig warnend knurren. Er stand auf steifen Beinen da und hatte die Schnauze nach Westen gerichtet, zur norwegischen Grenze hin und zum westlichen Ende des Sees, das noch in einen weichen Dunstschleier gehüllt war. Und er knurrte.

»Pelle sendet eine *Warnungsstrahlung*«, sagte Marcus beinahe atemlos. »Ich fühle es.«

»Was ist Strahlung?«, fragte Gabriel ängstlich. Er saß noch im Boot und wartete darauf, dass etwas Beunruhigendes eintreten würde, das er melden konnte.

»Das sind lautlose Worte, die nur Pelle und ich verstehen«, flüsterte Marcus. »Still, Pelle versucht, etwas zu sagen!«

Großvater sah zuerst Marcus an, dann Pelle, dann blickte er zum westlichen Ende des Sees hinüber. Dann stand er schnell auf, ungewöhnlich schnell, man konnte fast nicht glauben, dass er fünfundsiebzig Jahre alt war; aber jetzt war da etwas mit dieser Strahlung von drohender Gefahr, die Pelle von der hochempfindlichen Kommandozentrale in seinem Kopf ausgesendet hatte und die Großvater große Angst machte, ihn aber zugleich fast jugendlich schnell werden ließ. Er tauchte ins Zelt ein, steckte die Karte ins Buch und legte es zurück, warf noch einen raschen Blick auf den unordentlichen Boden im Zeltinneren und kam wieder heraus.

»Wir müssen abhauen«, sagte er. »Schnell!«

»Warum denn?«, fragte Marcus. Aber in dem Moment sprang Pelle mit einem Riesensatz ins Boot und setzte sich auf die Achterbank, hob die Schnauze in Richtung Westen und sah dem entgegen, was *vielleicht der Feind* war. Man hörte ein dumpfes und sehr bedrohliches gurgelndes Geräusch aus seiner Kehle, das Geräusch, das man sonst nie von ihm hörte, wenn die Kinder mit ihm spielten und Ringkämpfe mit ihm austrugen und herumrollten: Nein, dies war das furchterregende tiefe Knurren, das ganz deutlich sagte: *Ihr da am Horizont Richtung Norwegen, deren bevorstehenden Angriff ich durchschaut habe, ihr seid meine verrotteten falschen Feinde und ihr seid entlarvt! Von mir! Und meinen empfindlichen Hundesinnen! Und wenn ihr es wagt, die Kinder anzugreifen, die ich zu verteidigen geschworen habe, werde ich Arme und Beine von euren wertlosen Körpern reißen, dass das Blut nur so spritzt, und mich in eure hässlichen ungewaschenen Ohren hineinkauen, und eure zerfetzten Körper werfe ich ins Klo und spüle sie zusammen mit anderen wertlosen Kackwürsten hinunter!*

»Still, Pelle!«, sagte Marcus. »Ich habe die Botschaft verstanden.«

3. Sie warfen sich ins Boot und stießen sich vom Land ab. Großvater ruderte. Weit entfernt am anderen Ende des Sees, wo der Fluss aus Norwegen in den See Vällen einmündete, sah man einen schwarzen Punkt, der sich mit hoher Geschwindigkeit näherte. Es war ein schwarzes Boot, dessen Bugwellen wie zwei weiße Schnauzbärte aussahen. Man sah, dass es schnell fuhr, die Schnauzbärte wuchsen mit jeder Sekunde. Das Boot würde in ungefähr drei Minuten bei ihnen sein.

Großvater ruderte von dem geheimnisvollen Zelt fort, er strengte sich so an, dass die Adern auf seiner Stirn hervortraten, aber das Motorboot, das bestimmt ein sehr schnelles war, kam mit einem Dröhnen über die spiegelglatte Wasseroberfläche heran. Sie würden nicht wegkommen, so viel war klar.

»Hör auf zu rudern, Großvater«, sagte Marcus, »das ist nicht *glaubwürdig*!«

»Wieso?«, sagte Großvater, hörte auf zu rudern und keuchte.

»Wir müssen so tun, als wären wir hier, um zu angeln«, sagte Marcus. »Wir tun so, als wären wir gar nicht an Land gewesen. Hätten das Zelt gar nicht untersucht! *Es muss glaubwürdig aussehen, Großvater!!!* Du musst langsam rückwärts rudern!!!«

Marcus hatte recht. Großvater sah es ein. Er fing an, langsam rückwärts zu rudern.

»Soll ich die Angel auswerfen?«, fragte Gabriel hoffnungsvoll. »Wenn wir so tun wollen, als ob wir angeln, dann ist es doch am besten, wenn wir es auch tun. Und du hast mir versprochen, dass ich angeln darf!«

»Ja, ja«, sagte Großvater und blickte mit aufgerissenen Augen auf das mit dröhnendem Motor herannahende Boot, das jetzt langsamer wurde und eine Kurve fuhr, um sie, wie es schien, vom Ufer abzuschneiden.

Gabriel warf die Angel aus. Er hatte einen Wobbler an der Schnur befestigt: Noch nie, den ganzen Sommer nicht, hatte er irgendetwas bekommen, das hieß, bei seinen Trockenübungen hatte noch nie ein Fisch angebissen, und auch jetzt würde er nicht einmal eine kleine jämmerliche Plötze bekommen, jetzt, da sie sich *dem Angriff seitens dieses geheimnisvollen Bootes ausgesetzt* sahen. Aber immerhin sahen sie nun wie harmlose Angler aus.

Der Motor des fremden Bootes heulte auf, es wurde noch langsamer und zog so dicht an ihnen vorbei, dass ihr kleines Ruderboot wild zu schaukeln begann.

»Lieber Gott, mach, dass ich einen Hecht fange!«, flüsterte Gabriel.

»… damit wir glaubwürdig werden«, ergänzte Marcus ebenso leise. »Damit sie uns den Bluff abkaufen.«

»Wieso Bluff …? Hast du etwa was daran auszusetzen, wie ich angle?«, sagte Gabriel sauer. Er hatte das Auswerfen der Angel schließlich auf dem Rasen beim Haus in Söderås geübt und war ziemlich sicher, dass es das Gleiche war, wie auf dem Wasser zu angeln.

In dem fremden Boot waren drei Männer.

Zwei waren schwarz gekleidet. Sie sahen, dass einer von ihnen nackte Arme hatte und bis zu den Handgelenken tätowiert war. Der dritte war blond, hatte ein frisches Gesicht mit einem kräftigen Kiefer und trug einen Trainingsanzug mit der Aufschrift BREKKESETER FJELLPENSIONAT. Darunter stand in kleineren Buchstaben RONDANE. Sie schienen alle drei ihre Gesichter zu verstecken, als wollten sie sehen, aber nicht gesehen werden. Jetzt glitten sie in zehn Metern Entfernung vorbei, und alle drei in dem *sehr feindlichen Motorboot* musterten Großvater, Gabriel und Marcus so genau, als käme ihnen irgendetwas verdächtig vor.

»Winken, Marcus!«, flüsterte Großvater. »Winken, zum Teufel!«

Marcus winkte. Aber keiner winkte zurück.

Marcus glaubte zuerst, dass der Blonde, der vielleicht ein Norweger aus Brekkeseter war, ein Wurfangelfutteral über der Schulter trug; doch dann sah er, dass ein Kolben aus dem Futteral herausragte. Marcus wurde auf einmal ganz kalt. Er war sich nicht sicher. Aber das in dem Futteral konnte eine Kalaschnikow sein, eine russische Maschinenpistole von der fürchterlichsten Sorte.

Einer von denen trug eine Kalaschnikow über der Schulter!

»Großvater«, flüsterte Marcus. »Ich glaube nicht, dass das eine Angelrute ist, sondern … siehst du den Kolben, der …«

»Still!«, sagte Großvater. »Ich bin nicht blind.«

Marcus hatte einen Kumpel in der Schule, der war ein totaler

Spielefreak, und in den Computerspielen rottete man sich gegenseitig am liebsten mit Kalaschnikows aus, hatte der Kumpel erzählt. Als Marcus sich jetzt daran erinnerte, wurde ihm *ein bisschen mulmig*, aber dann dachte er: Ich muss mich zusammenreißen, den Kameraden und besonders dem kleinen Gabriel zuliebe.

Jetzt lagen die beiden Boote fast still da, vielleicht dreißig Meter vom Ufer entfernt. Und da, genau in dem Augenblick, schrie Gabriel auf, besser gesagt, er brüllte:

»Ich hab einen! Er hat angebissen. **Ich hab einen dran!**«

4. Es war ungefähr 12 Uhr 30, als Gabriels wilde Schreie durch die Gegend schallten.

Pelle begann plötzlich, wild und beinahe ein bisschen verwirrt zu bellen, denn jetzt passierten so unglaublich viele widersprüchliche Sachen auf einmal. Besonders das mit dem Fisch, der angebissen hatte, war sehr überraschend. Alle blickten schräg nach hinten zum Heck des Bootes. Fünf Meter dahinter kämpfte ein Fisch an der Leine. Sie sahen eine Schwanzflosse, die die Wasseroberfläche peitschte.

Kein Zweifel. Ein Fisch. Ein Hecht?

Es folgte ein Augenblick der Ungewissheit; es war, als wären die Feinde in dem bedrohlichen Motorboot überrumpelt worden. Vielleicht war es ja so, dass der alte weißhaarige Mann und seine zwei kleinen Kinder wirklich nur Angler waren. Vielleicht hatten sie nichts gesehen. Das Zelt nicht gesehen. Auf jeden Fall nichts begriffen.

»Winken, Marcus!«, sagte Großvater. »Winken, damit wir glaubwürdig werden.«

Marcus winkte dem Feind zu. Aber der Feind winkte nicht zurück. Und plötzlich wusste Großvater ganz klar: So war es, von der litauisch-russischen Mafia betrachtet zu werden. Das gefiel ihm nicht, und er wusste nicht, wohin auf Erden er sich wenden sollte. Genau dieses Kirchenlied begann in diesem Augenblick in Großvaters Kopf zu kreisen: »Als die litauisch-russische Mafia mich mit ihren eiskalten Augen betrachtete, begann ich innerlich zu singen: *Wohin auf Erden ich mich wende, ich leg mein Glück in Gottes Hände*, und das war ganz und gar nicht spaßig.«

Sie warteten. Der Schweiß rann. Der Hecht kämpfte.

Die Besatzung des fremden Bootes, durchtrainierte litauische Verbrecher, oder vielleicht waren es auch Norweger, jedenfalls schien plötzlich einer von ihnen einen Entschluss zu fassen: Sie rissen mit einem abgründigen Brüllen des Motors das Gas hoch, pflügten durchs Wasser und stoppten abrupt vor dem Uferwäldchen, in dem das Zelt versteckt war.

»Ich hab ihn noch dran! Er hat nicht losgelassen!«, brüllte Gabriel vollkommen hysterisch. »Es ist ein Hecht, er ist ein paar Meter lang!«

»Rudern!!!«, schrie Marcus, und seine Stimme hörte sich ganz verschwitzt an.

»Ja, nach Hause!«, schrie Großvater und begann mit gewaltigen Ruderschlägen loszurudern, als wäre es ihm völlig egal, ob sie glaubwürdig waren oder nicht.

»Ich hab ihn!«, brüllte Gabriel. »Ich kann ihn fast nicht

halten! Hilf mir, ihn rauszuholen! Das ist ein Fünfzig-Kilo-Hecht!«

»Schrei nicht so!«, zischte Marcus. »Du musst glaubwürdig sein.«

Großvater ruderte wie ein Verrückter. Gabriel schrie. Marcus lag auf dem Rücken auf dem Boden des Ruderboots und versteckte sich vor etwas, von dem er selbst nicht wusste, was es war. Pelle wiederum hatte sich auf seinen Bauch gesetzt und knurrte eine etwas weniger blutrünstige Mitteilung in Richtung des Feindes, der jetzt beim Zelt an Land gegangen war und sich daran zu schaffen machte.

Pelle knurrte jetzt eine *hundgestrahlte* Mitteilung. Sie lautete ungefähr: *Lasst euch das eine Lehre sein, dass ihr für immer bedient seid, ihr habt eine Lektion erteilt bekommen, zieht euch zurück und klemmt die Schwänze zwischen eure wertlosen Beine, verschwindet, ich bin der Herrscher, der …*

»Pelle, geh da runter!«, stöhnte Marcus. »Du brichst mir die Rippen.«

Großvater ruderte, als ginge es ums Leben. Er war nicht sicher, ob sein frisch operiertes Herz halten würde, aber das war ihm egal. Er musste die Kinder nach Hause schaffen. Er ruderte mit wahnsinnigen Schlägen, dass es nur so spritzte, und auf der Achterbank brüllte Gabriel etwas von seinem riesigen Hecht und davon, dass Großvater aufhören solle zu rudern, damit man das Monster herausholen könne. Er brüllte und hielt die Angelrute mit beiden Händen, und auf dem Boden des Kahns lag Marcus mit Pelle auf dem Bauch. So ist es, wenn man stirbt, dachte Großvater.

Als sie endlich beim Anlegesteg angekommen waren, vertäuten sie das Boot, dann holten sie zu dritt mit vereinten Kräften den Hecht an Land. Es zeigte sich, dass er 4,2 Kilo wog.

Es war der erste Fisch, den Gabriel je geangelt hatte.

Er sei *ganz ruhig* gewesen, erzählte er später den andächtig Lauschenden, die einen ausführlichen Bericht des Geschehens zu hören wünschten. Er fing den Hecht ganz allein, obwohl das feindliche Boot sie in Unruhe versetzt hatte, er behielt die Ruhe, seine Schreie waren beherrscht und angemessen; es war ihm gewissermaßen gelungen, gleichzeitig einen Hecht zu fangen und die angreifenden rätselhaften Männer in dem schwarzen Schnellboot zu verscheuchen.

Aber er schwitzte gewaltig dabei. Das taten sie alle.

Sie trugen den Hecht zum Haus hinauf.

Mina und Moa waren die Ersten, die die kleine Prozession zum Haus heraufkommen sahen, sie liefen ihnen überrascht und jubelnd entgegen und wollten *den riesigen Hecht* halten, den Gabriel allein trug, danach kamen die anderen, und alle wollten wissen, wie es zugegangen war, und gratulierten Gabriel zu dem riesigen Monsterfisch, den er aus dem Wasser gezogen hatte. Gabriel zeigte nur ein blasses Lächeln, und komischerweise war er erst ziemlich schweigsam, weil Großvater und Marcus sich auch nicht erklären oder gar jubeln wollten.

Aber dann kam Gunilla und schlug die Hände zusammen und schrie einfach drauflos, denn das machte sie so, wenn sie jubelte. Und Gabriel habe ja noch nie einen Fisch gefangen, schrie sie. Und jubelte. Es war sehr nervig. Und Gabriel wollte den Versammelten nicht danken, sondern machte nur abwehrende Handbewegungen; er wollte aber nicht näher eingehen auf das, was passiert war.

»Was ist denn los?«, sagte Gunilla. »Richtig begeistert seht ihr ja nicht aus.«

»Nein«, sagte Großvater. »Wir haben vielleicht ein Problem.«

»Wieso Problem?«, sagte Gunilla.

»Ein großes Problem. Ich habe die Kinder in etwas hineingezogen.«

Es wurde auf einmal ganz still. Was sollten sie auch sagen? Dass sie ein Zelt gefunden hatten? Eine litauische Übersetzung von Großvaters Buch über das Abenteuer am Dreihöhlenberg? Ein komisches Pulver, das weder Zucker noch Mehl war? Zwei Karten, von denen eine richtig war und eine falsch? Sollten sie das sagen?

»Ich nehme an, wir müssen mit der Polizei in Arvika sprechen«, sagte Großvater.

»Du bist nicht gescheit«, sagte Gunilla. »Ihr habt doch einen Angelschein! Ihr habt ja nicht unerlaubt geangelt.«

»Mit der Polizei«, sagte Großvater.

Er hörte sich nicht froh an. Das Schlimmste von allem war, dass auch der Hund Pelle, der Mittelschnauzer, nicht froh war. Er war eher düster, in sich gekehrt, beinahe nachdenklich, als wüsste er nicht, welche Botschaft er den Kindern, für die auch er verantwortlich war, vermitteln sollte.

Vielleicht roch er mit seiner feinen Hundenase, dass die

richtigen Probleme jetzt erst anfangen würden. Dass sich jetzt eine Situation entwickeln würde, in der eine große Gefahr drohte. Vielleicht eine Lebensgefahr für viele. Und dass diese Vielen die Bewohner des Hauses Söderås waren, das am Fuß des Dreihöhlenbergs lag.

Der Feind ist verschwunden

1. In der Nacht lag Marcus wach und grübelte.
Großvater hatte trotz allem die Polizei in Arvika angerufen; es war nur schwierig, jemanden zu fassen zu kriegen, weil fast überall geschlossen war wegen der Sommerferien, doch es gab eine Verkehrsstreife, die in Grimsmark auf der Lauer lag, um Raser zu fangen. Die Streife hatte mit belegter Stimme gesprochen, wie eben erst aufgestanden, und Großvater hatte sie nicht überzeugen können; sie hatten gesagt, *wenn es russische Kriminelle seien, solle er mit Karlstad Kontakt aufnehmen, die hätten eine Homepage für Wirtschaftskriminalität.*

Aber Großvater verstand sich schlecht auf Computer und telefonierte lieber weiter.

Und in Torsby gab es eine Polizeiwache, aber die hatten nur einen Anrufbeantworter laufen, der Värmländisch sprach und sich ablehnend anhörte, wenn man es übersetzte. Großvater hatte um Rückruf gebeten, aber nichts war passiert. Und man konnte ja nicht dasitzen und ein Telefon anstarren, das nicht klingeln wollte.

»Wir überschlafen die Sache«, hatte Großvater schließlich gesagt.

Gunilla war ernst und besorgt, sagte aber immerhin, wie schön es sei für Gabriel, das mit dem Hecht.

»Der achtköpfige Kinderhaufen«, sagte sie und hörte sich dabei ein wenig müde an, »kann auf jeden Fall nicht die Polizeiarbeit im westlichen Värmland übernehmen.«

Wenn denn überhaupt etwas *war* und Großvater sich nicht alles nur eingebildet hatte.

Marcus lag wach und grübelte. Pelle lag wie gewöhnlich, wenn sie in Söderås waren, im selben Bett wie Marcus. Er rollte sich zu einer grauen Wurst zusammen und schnarchte, und es ging ihm prima.

Marcus überlegte. Wie konnte er Großvater helfen?

Großvater sagte immer, jeder Mensch habe ein paar spezielle Eigenschaften, die sonst niemand hat. Und wenn man sie nur benutze, dann könne man *Berge versetzen* – dieses »versetzen« bedeutete »wegschieben«, ungefähr. Jetzt lag Marcus da und grübelte darüber nach, was er selbst konnte, das kein anderer konnte.

Damit er Großvater helfen konnte, der sich gerade *in einer heiklen Lage* befand.

Er kam, was ihn selbst betraf, eigentlich nur auf drei Spezialitäten, die kein anderer in seiner Altersklasse aufzuweisen hatte.

Die erste war *Einhandklatschen.*

Er war damit noch nicht ganz so weit, Großvater konnte es besser, weil er größere Hände hatte. Man musste lange trainieren, aber wenn man es konnte, hörte es sich heftig an. Wenn man mit der linken Hand in der Tasche auf einer Fußballtribüne saß und mit der anderen klatschte, dass es knallte, dann hörte es sich ziemlich heftig an. Vor allem, weil die andere Hand in der Tasche war. Echt stark. Man durfte die eine Hand nicht gegen etwas schlagen, und trotzdem knallte es. Einhandklatschen. Und alle waren überrascht.

Die zweite Spezialität war *Schaufensterpuppe stehen.* Da brauchte man nur genau zu sein. Man musste stehen wie die Puppen in den Schaufenstern, das eine Bein ein wenig vor dem anderen und den Fuß in einem Winkel von ungefähr zwanzig Grad nach außen gestellt. Man sollte in der Mitte leicht nach vorn gebeugt sein, nicht viel, man musste es vor dem Spiegel üben. Ein bisschen so, wie wenn man sich *mit der Brust über eine Ziellinie warf.* Sich brüsten, nur ein bisschen natürlicher eben. Der rechte Arm musste leicht nach außen gewinkelt und die Hand geöffnet sein, als machte man *eine einladende Geste.* Aber das Wichtigste war der Kopf: leicht nach links gewandt und der Mund halb offen, sodass man ein wenig überrascht, aber freundlich aussah. Als wäre man plötzlich riesig froh über die Sachen, die einem angezogen worden waren. Dieser Blick und der halb offene Mund, das war das Wichtigste, also der halb offene Mund aus Freude. Denn man durfte nicht aussehen wie ein Idiot, sondern nur wie ein verblüffter Typ, der sozusagen eingefroren war. Dann musste man absolut stillstehen und *eingefroren und verblüfft* sein, bis die Zuschauer begriffen hatten und in spontanen Applaus ausbrachen oder so ähnlich. In anhaltenden Applaus vielleicht.

Am Anfang des Sommers hatten mehrere Kinder, beispielsweise Moa oder Gabriel, zu Marcus gesagt: »Zeig mal, dass du Schaufensterpuppe stehen kannst!« Und da hatte er es getan. Aber nach einer Woche hatten sie, ohne eine annehmbare Erklärung dafür zu geben, die Lust verloren und aufgehört, ihn zu bitten, Schaufensterpuppe zu stehen. Trotzdem war dies auf jeden Fall eine der drei besonderen Fertigkeiten, die er hatte und die in Not- und Gefahrensituationen nützlich sein konnten.

Die dritte war *Im Dunkeln weinen.* Die war ein richtiger Leckerbissen!!! Aber schwer.

Die ging so, dass man nachts im Bett lag, und es musste richtig dunkel sein. Und dann würde man neben jemandem liegen, auf den man *einen starken Eindruck* machen wollte. Dann musste man tief Luft holen und anschließend die Luft sozusagen stoßweise herauslassen, sodass sie in einer Serie von *Keuchern* herauskam. Das war das Schwerste. Man musste keuchen, als läge man da und schluchzte. Dann musste man vielleicht fünf Sekunden warten, danach alles noch einmal machen, *einatmen, keuchend ausstoßen, warten.* Wenn man es richtig gemacht hatte, würde der oder die, wer eben gerade daneben lag, ein wenig unruhig werden und sich umdrehen und sagen: »*Hhhmmmmmm?*« Und dann machte man es noch einmal, *einatmen, keuchend ausstoßen, warten*, und dann würde der, der daneben im Dunkeln lag, bombensicher beunruhigt fragen: *Aber Marcus, weinst du?* Und jetzt musste man blitzschnell die Finger in den Mund stecken und Spucke sammeln und sie über beide Augen streichen, damit sie patschnass wurden. Und dann vielleicht ein letztes Mal *einatmen, keuchend ausstoßen, warten.*

Und dann, fast bombensicher, wird der, der daneben liegt, einem mit der Hand übers Gesicht tasten und nachfühlen, ob man wirklich schluchzt und keucht.

Und die nassen Augen fühlen. Und verwundert und erschrocken sein. Bingo!

2. Wenn man es richtig machte: Bingo! Pang! Volltreffer! Aber in dieser Nacht lag Marcus wach und grübelte darüber nach, wie er Großvater helfen könnte. Er dachte an die drei besonderen Fertigkeiten, über die er verfügte, *Einhandklatschen, Schaufensterpuppe stehen* und *Im Dunkeln weinen*, aber es kam ihm so vor, als ob keine von den dreien in Großvaters Notlage helfen könnte.

Am Morgen fühlten sich alle ein bisschen gerädert, es lag etwas Seltsames in der Luft, weil Großvater so still war; aber dann, exakt um 10 Uhr 30, klingelte das Telefon, das fest angebrachte, das 1964 installiert worden war, und Großvater hastete hin, wie er es immer tat, und sagte »Telefon« wie üblich; es war ein Scherz, den er manchmal abzog, statt Hallo zu sagen oder seinen Namen. Ein anderer Scherz war »Panzerkreuzer Gotland, Maschinenraum« oder, noch häufiger, »Kronprinzessin Lovisa Krankenhaus, Entbindungsstation«. Keiner fand das mehr besonders lustig, aber er trieb seine Scherze weiter, damit die Enkelkinder sich geborgen fühlen sollten, wie er sagte.

Jetzt sagte er jedenfalls nur: »Telefon.« Dann stand er einen Moment ganz still da und sagte: »Gut!«, und dann: »Schön!«, und dann gab er eine Wegbeschreibung, wie man zum Haus kam, und hängte den Hörer zurück und sagte zu allen, die ihn ansahen, als wäre es das Normalste von der Welt:

»Das war die Polizei.«

Alle fingen an zu surren und zu fragen, außer Cissi, die ein wenig jubelte, denn sie stellte sich vielleicht vor, dass ein Polizist im passenden Alter kommen würde, *etwas gut Gewachsenes und Hübsches in Uniform*, wie sie sich ausdrückte. Großvater sagte, es sei wohl über die Homepage der Abteilung für Wirtschaftskriminalität gelaufen, deren Osteuropasektion in Karlstad war. Sie hatten bestimmt Värmlands Rettungsdienst alarmiert, mit dem Großvater ja bei der letzten Expedition vor drei Jahren zusammengearbeitet und worüber er in seinem Buch berichtet hatte.

Es war, als sollte die Spannung jetzt zunehmen.

Die Polizei würde kommen. Das stand fest. Großvater versammelte die Kinder und Gunilla im Wohnzimmer und erklärte ihnen, dass heute nicht alle acht dabei sein könnten; und dass man heute zusammen mit der Polizei von Värmland zu dem kriminellen Zelt zurückkehren würde. Keiner außer Großvater begriff im Grunde, was an dem leeren Zelt kriminell sein sollte, und Gunilla wollte auch protestieren, das konnte man sehen, aber da machte Großvater eine beruhigende Handbewegung und sagte: »Ich weiß, ich weiß, aber das werden wir herausfinden.«

Dabei musste man das Ruderboot benutzen. Und darin hatten nicht alle Platz.

Gabriel und Marcus waren natürlich gesetzt. Und dann Mina, als Vertreterin der Frauenseite, wie Großvater sagte. Und weil sie *die Älteste und Klügste* war, wie sie selbst ergänzte. Wenn man Cissi nicht mitzählte, aus begreiflichen Gründen, die mit dem rothaarigen Neunzehnjährigen zusammenhingen.

Cissi war sauer. Sie mochte es nicht, ausgeschlossen zu werden. Wer hatte denn, machte sie geltend, vor zwei Jahren mit dem Hund Mischa den lebensgefährlichen Abstieg vom Berg gewagt? Damals, als Großvater sich das Bein gebrochen hatte und die Kinder in der zweiten Höhle eingeschlossen waren? Und die deutschen Wolfsmörder mit scharf geladenen Gewehren im Anschlag zur Höhle heraufgeklettert waren? Wer hatte sie denn praktisch alle gerettet? Und jetzt – jetzt sollte sie plötzlich zu alt sein!?

Und das musste Großvater sagen, der fünfundsiebzig war!

Marcus, ihr Bruder, hörte ihrer langen Rede zu und war ein bisschen verärgert und zugleich ein wenig traurig darüber, dass zwischen ihnen nicht mehr der gleiche enge Zusammenhalt bestand. Früher war Cissi die selbstverständliche Anführerin gewesen und er *der kleine Bruder, der immer lustige Dinge sagte.* Aber er war so klein gewesen, dass alle sowieso davon ausgingen, dass er – sozusagen nicht zählte.

Und das war ein bisschen beruhigend gewesen.

Jetzt hatte Mina Cissis Platz eingenommen. Sie war eine Kusine, keine Schwester, und das war nicht ganz das Gleiche.

»Okay!«, sagte Marcus zu Mina. »Wenn es zu einem *Ernstfall* kommt, wer von uns soll bestimmen? Du oder ich?«

»Das tut doch Großvater«, sagte Mina ein wenig zögerlich.

»Der bricht sich das Bein oder etwas in der Art«, sagte Marcus. »Das tut er immer. Und dann tritt der Ernstfall ein, und wer von uns befiehlt dann und trifft die schweren Entscheidungen?«

»Im Ernstfall?«

»Genau.«

»Ich«, sagte Mina. »Ich bin immerhin Frau.«

Das war natürlich ein unmögliches Argument, aber Marcus hatte gelernt, zu schweigen und zu leiden und sich zurückzumelden, wenn die Situation besser geworden war; außerdem hatten sie nicht viel Zeit, sich zu streiten.

Um 12 Uhr 25 bog ein Polizeiwagen auf den Platz vor dem Haus ein, und zwei mittelalte Polizisten mit lässiger Haltung und in Uniform stiegen aus.

Großvater ging mit elastischen Schritten auf sie zu und begrüßte sie. Marcus hängte sich an.

»Was ist hier los?«, fragte der eine Polizist.

»Schön, dass Sie hergefunden haben«, sagte Großvater ein bisschen übertrieben freundlich.

»Habt ihr scharf geladen?«, fragte Marcus. »Es wird vielleicht notwendig!«

»Junger Mann, was ist hier los?«, sagte der zweite Polizist.

Es hörte sich an wie eine Kriegserklärung.

3. Gegen 13 Uhr 15 am 23. Juni 2006 waren die Vorbereitungen abgeschlossen.

Gunilla hatte den Zeitpunkt im Logbuch vermerkt, falls das Schlimmste eintreten sollte, war aber sonst äußerlich ganz ruhig und stand mit dem Kleinsten – also Tyra, neun Monate alt – im Arm auf der Haustreppe. Malva und Sonja daneben. Sie betrachteten jetzt Söderås als Basislager 1 und hatten sich damit abgefunden, dass sie für hinhaltende Verteidigung und Versorgung verantwortlich waren, sie waren *der Tross*, wie Großvater es nannte.

Marcus hatte den einen Polizisten gefragt, ob er wüsste, wie sich Einhandklatschen anhörte, aber seitens des Vertreters der Polizeimacht, der angab, Furtenback zu heißen, hatte sich Schweigen breitgemacht. Er hatte sich nur den Schweiß von der Stirn gewischt und Großvater auffordernd angesehen, der daraufhin den Marsch zum Boot hinunter antrat. Es war eine merkwürdige Stimmung. Die Polizisten wirkten steif.

Großvater setzte die beiden Polizisten auf die Achterbank und Mina ganz nach vorn. Die Jungen gingen am Boden des Ruderboots in Deckung. Der Schnauzer Pelle saß auf Marcus' Schoß und betrachtete misstrauisch die beiden Polizisten.

Pelle mochte sie nicht, hatte aber eine Strahlung, ein *shining* an Marcus gesendet, dass er ihre Anwesenheit akzeptierte, aber auch nicht mehr. Ihre Körperhaltung hatte etwas, was auf jeden Fall nicht vertrauenerweckend war, meinte Pelle. Und er hatte die Kinder ja sagen hören, dass sie von Torsby ausgesandt worden waren.

Ja, stimmte denn etwas mit ihnen nicht? Marcus war sich auf einmal nicht richtig sicher.

Die beiden Polizisten sahen ruhig aus, aber ihre Ruhe schien *gezwungen*, oder nein, eher sahen sie angespannt, aber beherrscht aus. Auf jeden Fall waren sie friedlich und stellten Fragen. Dachte Marcus. Sie wirken gezwungen ruhig, dachte er. Besonders Furtenback, der behauptete, ursprünglich aus Grimsmark zu stammen.

Großvater ruderte mit kraftvollen Schlägen.

Großvater pflegte den Kindern immer wieder zu predigen, dass der Charakter eines Menschen sich an der Art und Weise verriet, wie er ruderte. Ruderte man schlampig und mit schlingerndem Kurs, taumelnd eher, platschte man zu viel beim Einsetzen des Ruderblatts oder kam man nur ruckhaft und unrhythmisch vorwärts, dann lag das an einem Charakterfehler beim Rudernden.

Er hatte Marcus beigebracht, einen speziellen Rhythmus zu halten.

Wenn Marcus ruderte, saß Großvater meistens auf der Achterbank und gab lauthals den Takt an: »Ziehen – ruhen!« Und noch einmal: »Ziehen – ruhen! Ziehen – ruhen!« Und jedes Mal sagte er, wie wichtig und charakterbildend dies für junge Menschen sei. Das bedeutete, wenn man es übersetzte, das Wort *charakterbildend* also, dass sie *Zug* bekämen, wenn sie richtig ruderten, oder *ein bisschen Rückgrat*, oder *Mumm*, er benutzte verschiedene Wörter, je nachdem, wen er gerade unterrichtete.

Großvater liebte es zu unterrichten.

Seine Mutter hatte an einer Schule oben im norrländischen Dschungel unterrichtet, wo sie – Großvaters Gute-Nacht-Geschichten zufolge – Rindenbrot gebacken und Wölfe mit lauten Rufen vertrieben und ihn – also Großvater – darin unterrichtet hatte, wie man in unmenschlichen Verhältnissen überlebt.

Damals hatte er alles von ihr gelernt.

Dass es, wenn der Schneesturm ihr weit abgelegenes Haus unter den Schneemassen begraben hatte, wichtig war, einen Tunnel *senkrecht nach oben* zu graben, damit man Sauerstoff bekam und atmen konnte und eine Notflagge an einer Stange hissen konnte, damit die Rettungsmannschaften einen fanden. Zum Beispiel.

Wie stark es beim Rudern vor allem auf den Rhythmus ankam, hatte er erkannt, als er eines Tages zusah, wie eine königliche Schaluppe sich dem Kai in Stockholm genähert hatte. Ziehen – ruhen. Das wollte er an seine Enkelkinder weitergeben. Mina zum Beispiel war ein sehr viel stärkerer Charakter geworden dadurch, dass sie auf dem See Vällen herumgegurkt war, während Großvaters Kommandorufe *Ziehen – ruhen! Ziehen – ruhen!* über die, wie er sie nannte, *glatte und naturschöne* Wasseroberfläche hallten.

Jetzt aber lag etwas Nervöses und Angespanntes über Großvaters Art zu rudern, und er wurde langsamer und langsamer, je mehr sie sich dem Platz näherten, an dem das geheimnisvolle Zelt stand.

Sie wussten ja exakt, wo es war.

4. Der Kiel des Bootes glitt knirschend auf den Strand. Ganz dicht am Wasser war ein Streifen Gras. Dahinter Gestrüpp, dahinter der Uferwald.

»Hier?«, fragte der eine Polizist mit scharfer Stimme; es war der, der behauptete, Furtenback zu heißen und ursprünglich aus Grimsmark zu stammen.

Großvater legte die Ruder ins Boot.

»Hier ist es«, sagte er leise.

Sie gingen alle an Land.

Sie waren einen Kilometer am Strand entlanggerudert, und es war ein schöner Tag, kein Windhauch; als sie von dem Anlegesteg fortgeglitten waren, der zu Söderås gehörte, konnten sie gerade noch das entlegene Tosen der Stromschnellen hören, die den östlichen Abschluss des Sees bildeten.

Dort hatten einst eine Mühle und eine Schmiede gelegen, und als sie nach Westen glitten, wurde es immer stiller. Das Tosen der Stromschnellen blieb zurück. Nach einer halben Stunde waren sie am Ziel, und als der Kiel des Bootes knirschend auf den Strand fuhr, war es beinahe unheimlich totenstill.

»Wo ist das Zelt?«, fragte der eine der Polizisten, der ursprünglich aus Grimsmark kam.

Das war eine gute Frage, aber sie war nicht leicht zu beantworten. Marcus ging als erster an Land. Es fand sich wirklich eine Art Ausweitung im Uferwald, die Büsche schienen zur Seite gebogen gewesen zu sein, aber dann war ihr ursprünglicher Zustand wiederhergestellt worden. Alles sah völlig normal aus. Pelle schnüffelte eifrig im Gras, das sonderbar plattgedrückt wirkte, aber nicht tot oder zertrampelt; es war, als hätte jemand mit einem Gerät, vielleicht einer Harke, versucht, die geknickten Halme wieder aufzurichten.

»Hier war es«, sagte Marcus.

Ohne Zweifel. Und hier war es nicht mehr.

»Und wo ist das Zelt? Ich kann es nämlich nicht sehen«, sagte der eine Polizist, der behauptete, Furtenback zu heißen und ursprünglich aus Grimsmark zu stammen. »Seid ihr sicher, dass hier ein Zelt gestanden hat?«

»Das sieht man doch am Gras«, sagte Großvater.

»Ja, ja«, sagte der andere Polizist. »Sie meinen also, dass man das Zelt abgebaut und an einen anderen Ort gebracht hat?«

»Genau«, sagte Großvater.

»Und wohin?«

»Naja, ich habe keine Ahnung.«

»Und wie sollen *wir* dann eine Ahnung haben? Außerdem machen Camper das so.«

»Was?«

»Ihr Zelt nehmen und es an einer anderen Stelle wieder aufbauen. Ist das nicht der Witz beim Zelten?«

»Aber das hier waren keine gewöhnlichen Camper«, sagte Großvater leise. Er ging auf die Knie und untersuchte jedes Stückchen Boden, als wollte er zumindest ein Haar finden, das beweisen konnte, dass sie nicht geträumt hatten. Marcus tat das Gleiche. Pelle wuselte durchs Unterholz. Nach einer Minute kam er mit einem Stück Papier zurück, es war eine halbe Buchseite in einer fremden Sprache. Großvater starrte lange auf das halbe Blatt.

»Und?«, sagte der eine Polizist in ziemlich schnippischem Ton. »Ist das ein Beweis? Was ist es?«

»Ich glaube, es ist ein Buch auf Litauisch«, sagte Großvater. »Es heißt *Triju urvu kulnas*, das bedeutet *Der Dreihöhlenberg*, es ist ein Kinderbuch, das ich geschrieben habe und das übersetzt wurde …«

»Und das Großvater signiert hat«, ergänzte Marcus.

»Jaha?«

»Ja, jetzt wissen Sie auf jeden Fall, dass wir nicht geträumt haben, dass wir hier waren. Das hier ist der Beweis.«

»Beweis für was?«

»Dass sie hier waren«, sagte Großvater. »Mit meinem … Buch.«

»Schön für Sie«, sagte der zweite Polizist ziemlich kurz angebunden. »Schön für Sie. Und das war alles?«

»Wir fanden alle, dass es ziemlich seltsam war«, sagte Marcus. »Ich meine, was hatte Großvaters litauisches Buch hier verloren?«

Der Polizist, der behauptete, Furtenback zu heißen, und der ursprünglich aus Grimsmark kam, seufzte schwer und wischte sich den Schweiß von der Stirn. Er ließ den Blick übers Wasser schweifen.

»Gestern hatte das Wasser bei uns im See vierundzwanzig Grad«, sagte er dumpf. »Es ist, als läge man in einer Badewanne. Man fragt sich, wie lange das Wetter noch anhält. Jaha. Haben wir denn noch andere Beweise? Dieses Kinderbuch auf Litauisch besagt ja nicht viel. Gibt's sonst noch was?«

»Großvater hat geglaubt, es wäre ein Basislager für Drogenschmuggel!«, sagte Mina.

»Und weiter?«, sagte der Polizist, der ursprünglich aus Grimsmark kam. »Sonst noch etwas Brauchbares? Außer einem Blatt aus einem Kinderbuch?«

Großvater, Marcus, Gabriel und Mina krochen jetzt alle im Uferwald herum. Sie fanden nichts, absolut nichts. Jemand war da gewesen, das konnten sie sehen. Und jemand war wieder verschwunden.

Die beiden Polizisten setzten sich wieder ins Ruderboot und knöpften ihre Uniformjacken auf. Der, der ursprünglich aus Grimsmark kam, zündete sich eine Zigarette an.

»Man traut seinen Augen und Ohren nicht«, sagte der andere. »Ein Kinderbuchautor! Und dafür fahren wir hundertsechzig Kilometer.«

»Hast du was von ihm gelesen?«

»Nein, um Himmels willen.«

Großvater ruderte ziemlich energisch den ganzen Weg bis nach Hause, er erklärte und argumentierte, und die Polizisten hörten zu und nickten dann und wann mit dem Kopf, als ob sie ihm vielleicht zustimmten, aber sich auf jeden Fall Sorgen machten. Der, der ursprünglich aus Grimsmark kam, hatte seinen Urlaub unterbrechen müssen, ließ er noch einmal durchblicken, und Großvater sagte, es tue ihm leid.

Sie gingen zum Haus hinauf.

Gunilla kam mit Saft und Eis, und die beiden Polizisten bedankten sich und tranken, denn es war ziemlich heiß. Großvater hatte aufgehört zu reden und stand nur schweigend da. Er wollte keinen Saft. Marcus tat er irgendwie leid, aber er wusste auch nicht, was er tun sollte. Marcus hatte ja die drei Spezialitäten, die er vielleicht noch anbringen konnte, aber er wusste nicht, ob gerade der passende Augenblick dafür war. Trotzdem wollte er Großvater helfen, also ging er zu den beiden Polizisten, die ihre Uniformjacken jetzt wieder angezogen hatten und im Aufbruch begriffen waren.

»Wollt ihr sehen, wie ich Schaufensterpuppe stehen kann?«, sagte er und stellte sich auf: das rechte Bein exakt um zwanzig Grad nach außen gedreht und die linke Hand in einer Willkommensgeste ausgestreckt, den Kopf ein wenig schief und den Mund halb offen, wie bei einem verwunderten oder verblüfften Ausruf.

Die Polizisten sahen ihn an, ohne etwas zu sagen. Dann sagte der, der ursprünglich aus Grimsmark stammte und seinen Urlaub hatte unterbrechen müssen, mit einem Seitenblick auf Großvater:

»Sehr gut. Du bist bestimmt auch eine Dichternatur.«

Dann stiegen sie in ihren Streifenwagen, schalteten als Abschiedsgruß fünf Sekunden lang die Sirene und das Blaulicht ein, dass alle einen Luftsprung machten, legten einen Start mit quietschenden Reifen hin und fuhren davon.

Es war sehr still beim Abendbrot. Die Kinder gingen noch zum Baden. Großvater las ein Buch, doch ohne umzublättern. Gunilla war auch nicht froh.

Dann geschah das, was alles verändern sollte.

Um fünfzehn Minuten nach Mitternacht klingelte das Telefon. Alle schliefen.

Marcus, der mit Pelle in der Küche auf der Ausziehbank schlief, war als Erster hingekommen und hatte abgenommen.

Er wusste auf Anhieb, dass es Schwierigkeiten gab.

Marcus greift ein

1. Wenn es im Dunkeln klingelt, ist es am schlimmsten. Wenn der Anrufer kein Freund ist, wird es noch schlimmer.

Der Anrufer war kein Freund.

Es war Viertel nach zwölf in der Nacht, und die Sonne war vor gut einer Stunde untergegangen. Sie versank über Norwegen, dann ging sie *unbeschädigt* über Schweden wieder auf, wie Gabriel zu sagen pflegte. Das bedeutete, sagten sie geduldig zu ihm, dass die Sonne im Westen unterging und im Osten aufging, aber er bestand darauf, Norwegen und Schweden zu sagen.

Jetzt war es genau dazwischen. Aber weil es so spät war, waren alle ins Bett gegangen. Marcus lag mit Pelle auf der Ausziehbank unten in der Küche. Sie schliefen allein in der Küche. Pelle schlief auf dem Rücken, alle viere in die Luft gestreckt. Er schnarchte ruhig, als hätte er einen schweren Tag hinter sich, ihn aber gut gemeistert und nichts zu klagen.

Da klingelte es.

Marcus tastete sich durchs Dunkel, fand aber schließlich hin und nahm den Hörer von der Wand.

»Wersenda?«, sagte er mit seiner etwas heiseren Stimme.

»Will ick mit Schreibsteller sprecken, P.O. Enquist«, sagte eine fremde Stimme, ein Mann mit einem komischen Dialekt, der sich auf jeden Fall nicht nach Värmländisch anhörte.

Marcus blickte etwas ratlos zu Pelle hinüber, der im Bett lag, sich jetzt aber aufrichtete und sich mit hochgezogenen Augenbrauen zu fragen schien, wer die ungeheure Frechheit besaß, ihn mitten in der Nacht zu wecken.

»Nee, Großvater schläft«, sagte Marcus und kratzte sich im Schritt.

»Du holen!«, sagte die Stimme.

»Das geht nicht«, sagte Marcus. »Er schläft oben, und er will nicht runterkommen.«

»Warum?«, sagte die Stimme jetzt eine Spur lauter.

»Ja«, sagte Marcus mit seiner hilfsbereitesten Stimme, »wenn er nämlich aufstehen und pinkeln muss, dann will er in der Nacht nicht die steile Treppe runtergehen und ausrutschen und sich wieder das Bein brechen, und deshalb hat Gunilla ihm einen Nachttopf gekauft, damit er nicht runter braucht.«

Es folgte eine kürzere Pause, der Mann am anderen Ende schien nachzudenken, und Marcus ergänzte:

»Er hat gedroht, aus dem Fenster zu pinkeln, wenn er keinen

Pisspott kriegt, aber auf keinen Fall die Treppe runterzugehen. In der Nacht.«

»Gedroht?«, sagte die Stimme.

»Ja. Gedroht, aus dem Fenster zu pissen. Aus dem ersten Stock. Da hat Gunilla nachgegeben. Und den Pisspott gekauft.«

Es entstand eine Pause.

»Du holen Enquist«, sagte die Stimme dann.

»Nein! Er wird bloß wütend«, sagte Marcus.

»Holen Enquist!«

»Nein, er wird stinksauer.«

Es gab eine längere Pause, in der man nur die schweren Atemzüge des Anrufers hörte. Marcus trat nervös von einem Fuß auf den anderen.

»Wie du heißen«, sagte die Stimme.

»Marcus. Marcus Enquist.«

»Du grußen Schreibsteller? Von mir.«

»Ja, klar«, sagte Marcus wohlwollend und spürte, wie dringend er selbst pinkeln musste und wie gern er das Gespräch beenden wollte.

»Du grußen Schreibsteller, dass nicht soll stecken Nase in Sachen, was nicht angeht. Sonst ihm schlecht gehen.«

»Ja«, sagte Marcus.

»Du noch wissen diese kleine Gruß? Du wiederholen.«

Marcus winkte Pelle, zu ihm herüberzukommen, und Pelle kam langsam herangetrottet und setzte sich auf Marcus' rechten Fuß und sah zu ihm auf, und Marcus versuchte, ruhig zu atmen.

»Du wiederholen«, sagte die Stimme. Jetzt ungeduldiger.

Und Marcus wiederholte.

»Er soll seine Nase nicht in Sachen stecken, die ihn nichts angehen. Sonst geht es ihm schlecht.«

Der Mann am anderen Hörer schien zu zögern, dann sagte er ganz ruhig: »Gut. Wie alt du?«

»Elf.«

»Gut, Marcus. Soll Glick und Wohlerstand der Schreibsteller folgen auf allen sieben Meeren.«

»Ja?«

»Du grußen der Schreibsteller, er verstehen. Er schreiben in Buch: *Auf allen sieben Meeren!*«

Dann legte er auf. Es wurde still.

»Pelle«, sagte Marcus flüsternd. »Was hat das zu bedeuten? Pelle, sag was!«

Aber Pelle antwortete nicht. Und auf einmal merkte Marcus, wie ungeheuer still es in der Küche geworden war, sehr still, stiller, als er es jemals erlebt hatte.

2. Er bohrte das Gesicht in Pelles Fell, und Pelle lag still auf der Seite und schloss die Augen, und sein Fell war rau und roch frisch und sauber, obwohl Pelle nie baden wollte, und gegen Morgen schlief Marcus ein.

Da hatte Pelle schon ein paar Stunden geschlafen.

Als Marcus aufwachte, war er im Nu hellwach und lag da und starrte an die Decke und dachte an nichts; aber dann erinnerte er sich an alles, und es brach wie eine Sturzflut über ihn herein, und ihm wurde ganz kalt.

Obwohl er ja Pelle hatte.

»Was tun wir?«, flüsterte Marcus. »Ich habe ein bisschen Angst. Und wenn ich es Großvater erzähle, wird es kein toller Sommer.«

Pelle nickte kräftig, und plötzlich verstand Marcus, wie viel Pelles Rat und Unterstützung in kritischen Situationen ihm bedeuteten. Er drückte seine Nase an Pelles schwarze und sehr kalte Schnauze und sah ihm starr in die Augen, aber Pelle war ausgerechnet jetzt genauso besorgt und im Innersten vielleicht ebenso ratlos wie Marcus selbst. Aber er begriff, dass er sich zusammenreißen musste, jetzt, wo Marcus sich solche Sorgen machte. Pelle schwieg, leckte eine Weile wie in Gedanken an Marcus' einem Ohr, hörte dann aber auf und seufzte.

»Glück und Wohlergehen«, sagte Marcus mit dünner Stimme. »Auf allen sieben Meeren. Als er das gesagt hat, da bekam ich Angst. Nicht vorher.«

Pelle nickte nachdenklich und massierte mit einer Vorderpfote seinen Schnauzbart. Es war ungefähr halb acht, und bald würden P.O. und Gunilla wach werden, und Marcus müsste sich entscheiden, ob er es allen erzählen und sie alle beunruhigen sollte.

Oder nur Großvater. Oder niemandem.

»Das ist ein Ernstfall«, sagte er zu Pelle. »Und eine schwierige Entscheidung. Ich wünschte, Mina wäre hier.«

Und da, genau in dem Moment, hörten sie Schritte auf der Treppe, ein Dröhnen, als ob etwas, ein Erdrutsch zum Beispiel, sich schnell herunterwälzen wollte aufs Klo im Erdgeschoss: Eine Tür wurde aufgerissen und mit einem Knall geschlossen.

Marcus lächelte erleichtert.

»Das ist Mina«, sagte er zu dem Hund Pelle, der steifbeinig dem Erdbeben gelauscht hatte. »Das höre ich.«

Und von diesem Augenblick an war Marcus nicht mehr allein, und alles ging leichter. Es war wirklich Mina, die heruntergepoltert war und jetzt hereinkam, und sie blickte ihnen direkt in ihre zerknautschten Gesichter und fragte, was passiert sei, denn sie sei ja nicht dumm, erklärte sie, und habe schließlich Augen im Kopf. Es sei doch etwas passiert, oder?

»Stimmt«, sagte Marcus. »Ein Kerl hat angerufen.«

Und dann erzählte er. Und danach saß Mina ganz ruhig und still auf dem Bett.

»Also, was machen wir?«, sagte Marcus immer wieder. »Was machen wir? Ist das ein Ernstfall?«

»Noch nicht«, sagte Mina.

3. Mina war jetzt älter als an jenem Dienstag im Oktober 2001, als sie Großvater vorgeschlagen hatte, dass sie zusammen ein Kinderbuch schreiben sollten; dann hatten die Ereignisse mit dem Wolfsjungen und dem Bären in der dritten Höhle sie überrumpelt. Sie hatte gedacht: *Erst will man ein Buch schreiben, dann schreibt das Buch sich selbst.* Funktionierte es so?

Aber wenn sich nun kein Buch mehr selbst schreiben will, was macht man dann?

Damals kam ein Buch dabei heraus, aber nicht das, was sie erwartet hatte.

Wie auch immer: Mina hatte ein gutes Urteilsvermögen und

sah sofort ein, dass mit anonymen nächtlichen Drohungen am Telefon nicht zu spaßen war.

»Wir müssen das für uns behalten«, sagte sie. »Wenn Gunilla es erfährt, dann heißt es Sachen packen und nach Waxholm zurückfahren, und der Sommer ist im Eimer.«

»Ich hab's versprochen«, sagte Marcus. »Ich habe versprochen, es Großvater zu sagen.«

Pelle knurrte zustimmend. Er wollte auch nicht hinter dem Rücken dessen handeln, für den er die Verantwortung trug. Und gerade in dem Moment gab es ein neues Getöse auf der Treppe, und die Frühstücksbande kam heruntergepoltert. Mina hielt den Zeigefinger vor den Mund. Kein Wort!, bedeutete das, und Marcus nickte, und Pelle stürzte zur Tür und wollte hinaus zu der Birke, an die er immer pinkelte. Und genau da hörten sie in weiter Ferne das Geräusch.

Pelle machte eine Vollbremsung, stand stocksteif da und starrte zum Berg hinauf.

Man sah den Gipfel des Dreihöhlenbergs nicht. Aber man wusste ja ungefähr, wo er lag. Und Großvater kam in seinem Trainingsanzug heraus und sah gut gestimmt und froh aus, denn jeden Morgen dachte er, dass es jetzt *Kaffee und drei Zigaretten* gab – so war es nämlich gewesen, bevor er aufgehört hatte zu rauchen. Und nun standen sie draußen, Mina und Marcus und Großvater und Pelle, und da sahen sie in großer Entfernung und hoch am Himmel einen Hubschrauber, der eine weite Schleife über dem Berg flog, ganz ruhig. Sie konnten sehen, dass es kein Polizeihubschrauber war, denn es stand nicht »Polizei« auf der Seite. Dann, nach einer halben Minute, war der Hubschrauber fort, und nach einer weiteren Minute war es vollkommen still.

»Was war das?«, fragte Mina.

»Ein Hubschrauber«, sagte Großvater dämlich, denn das hatten sie ja alle gesehen. »Und was tut der hier?«

Gunilla kam mit dem Logbuch in der Hand auf die Haustreppe und schrieb etwas hinein. Als sie ins Haus gingen, las Marcus, was sie geschrieben hatte. Da stand: »In der Nacht hörte ich d. Tel. klingeln, unklar, wer angerufen hat. Marcus abgenommen? 09 Uhr 32 Hubschrauber im Norden, warum? 09 Uhr 45 Frühstück.«

Als die anderen hineingegangen waren, nahm Marcus den Stift und schrieb auf die Seite, die zum vorigen Tag gehörte: »Ist der Polizist aus Grimsmark auf ihrer Seite? Er machte einen nervösen Eindruck, als ich Schaufensterpuppe stand!«

4. Es vergingen ein Tag und noch eine halbe Nacht, und Marcus erzählte nichts, aber es ging ihm nicht gut dabei.

Er tat fast die ganze Nacht kein Auge zu.

Gegen Morgen am zweiten Tag, ungefähr um drei Uhr, gerade bevor die Sonne aufging, wurde Marcus davon wach, dass Pelle aufgesprungen war und an der Tür stand und winselte. Das war seltsam. Pelle war ja nicht wie die Erwachsenen, also musste er auch nicht in der Nacht aufstehen und pinkeln. Nein, es war etwas anderes.

Marcus tappte vorsichtig zur Tür und öffnete sie. Draußen

war Dämmerung, aber der Wald war dunkel, und wenn man auf den See blickte, hing der Morgennebel noch über dem Wasser und man konnte die norwegischen Berge auf der anderen Seite des Vällen nicht sehen.

Pelle war auf den Platz vor dem Haus hinausgestürmt und stand jetzt stocksteif da und hob den Kopf in Richtung des Waldes und des Dreihöhlenbergs. Und da hörte Marcus auch, was es war.

Von Norden hallte ein lang gezogenes, düsteres, trauriges Heulen herunter. »Ooooooooouuuuuuuuuiiiiiioooo!«, klang es. Danach war es ein paar Sekunden still, dann wieder das gleiche traurige Heulen: »Ooooooooouuuuuuuuiiiiiiooooo-ooooo …«

Es stieg und sank, als wäre jemand unendlich traurig. Oder als wollte jemand eine Mitteilung rufen. Oder als wollte jemand … ja, was?

Vielleicht Verbindung aufnehmen.

»Pelle«, sagte Marcus. »Was sagt sie?«

Aber Pelle antwortete nicht. Und ausnahmsweise wusste einmal Marcus und nicht Pelle Bescheid. Pelle war ja nicht dabei gewesen damals, als die Wolfsmutter um Hilfe gerufen hatte. Die Wolfsmutter, die in der zweiten Höhle lebte und von den Wolfsjägern bedroht gewesen war. Und die um Hilfe gerufen hatte gegen die Männer, die ihr Wolfsjunges bedrohten.

Und die Mischa um Hilfe gebeten hatte.

Aber Mischa konnte jetzt nicht mehr helfen. Mischa war tot. Und konnte Pelle wirklich deuten, was die Wolfsmutter sagen wollte? Pelle hatte ja nicht wie Mischa ein Sechzehntel Wolf in sich, sein Urgroßvater war kein Wolf gewesen. Jetzt stand Pelle in dem taufeuchten Gras, gespannt wie eine Feder, und verstand nicht, wollte aber verstehen, wollte wirklich verstehen, konnte aber nicht.

»Pelle«, sagte Marcus. »Das ist die Wolfsmutter. Sie hat eine Botschaft. Und jetzt weiß ich, dass ich es erzählen muss.«

Vier Stunden später hatten Marcus und Pelle Großvater beiseitegenommen.

Marcus hatte gesagt, dass er etwas Unangenehmes erzählen wolle, was nur Großvater hören dürfe, und dann hatten sie sich oben an den Waldrand gesetzt.

Und da hatte Marcus alles erzählt.

Das Signal des Bären

1. Ein Versprechen ist ein Versprechen, hatte Großvater gedacht. Aber wenn man etwas verspricht, weiß man ja nicht, wie es weitergeht, ob sich vielleicht etwas ändert.

Als sie sich am siebten Juni 2006 gegen zehn Uhr am Vormittag in Waxholm versammelt hatten, um Pläne für den Sommer zu machen, hatte Großvater versprochen, dass die Expedition zum Dreihöhlenberg in diesem Sommer wiederholt werden sollte.

Seit dem letzten Mal waren drei Sommer vergangen.

Vieles hatte sich verändert, vor allem deshalb, weil die Kinder drei Jahre älter geworden waren. Marcus selbst fand, er sei fünf Jahre älter geworden; damals hatte er noch geglaubt, man könne mit dem Fahrrad eine Kiefer hinauffahren, und er hatte überall Bären gesehen. Aber das war damals, jetzt war er viel cooler. Mina fand sogar, dass sie in den drei Jahren acht Jahre älter geworden war; sie schoss in die Höhe wie ein Elchkalb, hatte ihre Mutter gesagt.

Alles hatte sich verändert, aber nicht der Berg.

Der Berg mit den drei Höhlen lag noch da, mit dem Bären und der Wolfsmutter. Aber da war auch eine gewisse Beunruhigung, dass sich vielleicht etwas verändert hatte. Der Bär, war er wirklich noch da? Das Wolfsjunge war jetzt groß, aber wo war es? *Hatte* sich etwas verändert oder nicht?

Doch, etwas hatte sich verändert. Die Signale waren bedrohlich. Keiner verstand eigentlich, was in den letzten Tagen geschehen war. Das Zelt, das verschwunden war. Die eigentümlichen Polizisten. Das litauische Buch. Die Karte mit der seltsamen Änderung, was den Aufstieg zum Berg betraf. Der Wolf, der in der Nacht heulte und etwas zu erzählen hatte. Der nächtliche Anruf des Mannes mit ausländischem Akzent, des Mannes, der Großvater gedroht hatte.

»Wie hängt das alles zusammen?«, fragte Marcus Pelle.

Marcus fand, dass Pelle in den letzten Tagen etwas seltsam geworden war. Er stand oft auf dem Hofplatz und hielt die Schnauze witternd in den Wind. Ging große Runden ums Haus und schien etwas zu suchen. Manchmal, wenn Elche aus dem

Wald gekommen waren, um von den zwei Apfelbäumen Äpfel zu klauen, führte Pelle sich am Morgen danach genauso auf. Er war sauer auf Apfeldiebe, hatte aber Respekt vor Elchen; er wusste, dass man sich schnell einen Huftritt einfangen konnte, und hielt sich deshalb zurück. Doch jetzt waren keine Elche in Sicht. Es war etwas anderes.

Und der Bär? Wo war der Bär?

2. In der Nacht des dritten Tages, nachdem die Polizisten im Zorn und mit eingeschalteten Sirenen und Blaulicht und quietschenden Reifen Söderås verlassen hatten, in der Nacht des dritten Tages gegen vier Uhr in der Frühe hatten sie den Wolf ein weiteres Mal heulen hören. Diesmal hörte es sich an, als wäre es weiter entfernt.

Großvater hörte es auch, und er kam im Schlafanzug herunter und stellte sich zu Marcus und Pelle auf den Hofplatz. Es kam von weit her, es kam von hoch oben, es war das gleiche Heulen: »OoooooouuuuuuuuuuuOOOOOOOouuuuuuuuu!«

Es war der Wolf. Oder die Wölfin.

»Was sagt sie?«, wollte Marcus wissen.

Großvater antwortete nicht, das Heulen verklang, sie gingen ins Haus. Das Heulen des Wolfs hatte eine verborgene Mitteilung enthalten.

Das entschied die Sache.

Und Großvater sagte:

»Wir müssen in dieser Woche eine erste, sehr kleine Expedition unternehmen. Ich und du und Gabriel und Mina. Wir gehen hinauf und schauen nach, was da los ist. Eine Nacht im Basislager zwei, Proviant für drei Tage, nicht mehr, und dann hoch und nachschauen, wie die Lage ist.«

»Wie kann sie denn sein?«, fragte Marcus.

»Es kann etwas Schreckliches passiert sein«, sagte Großvater. »Es kann etwas passiert sein, das schrecklich werden kann. Ich weiß es nicht. Nicht einmal Pelle weiß das. Aber es gibt Anzeichen. Der Hubschrauber zum Beispiel war *ein besorgniserregendes Anzeichen.* Und der Wolf.«

»Und die anderen in Söderås?«

»Bleiben unter Gunillas Befehl im Basislager eins, Söderås.«

»Sind sie damit einverstanden?«

Großvater schaute mit ausdruckslosem Gesicht zum Wald und zum Berg hinauf, der dunkel und beinahe bedrohlich im Norden aufragte.

»In Krisensituationen«, sagte Großvater ruhig, doch mit einer Stimme, die ein wenig zitterte, »muss man sich bereithalten. Sie müssen hier zurückbleiben. Sie werden zu einer späteren Zeit gebraucht.«

Und man hörte ein leises Knurren von Pelle, der sich auf Marcus' Füße gesetzt hatte und zu Großvater aufblickte; und das bedeutete, *du hast recht, und ich bin dabei,* und das verstanden sie alle drei, und dann gingen sie in die Küche, um die Proviantlisten für den Abmarsch am nächsten Tag zu erstellen, für den Aufstieg zum Berg mit den drei Höhlen.

3. Im Logbuch notierte Gunilla nur: »Entscheidung Abmarsch Dreihöhlenberg. Proviant in Charlottenberg eingekauft.«

Am Tag vor dem Aufbruch war Gunilla in Charlottenberg im neuen Einkaufszentrum gewesen und hatte Brot und Butter gekauft, zwölf Daim, vier Dosen Coca Cola, vier norwegische Selters, eine Dose Schnupftabak Mini Catch Black für Großvater, der aufgehört hatte zu rauchen und behauptete, Schnupftabak sei ungefährlich. Dazu acht Fertigpackungen Würstchen mit Kartoffelmus. »Man bekommt doch nicht in drei Tagen Skorbut!«, hatte Großvater Gunilla beinahe angefaucht, als sie fand, dass das eine ziemlich *einseitige Verpflegung* sei.

Vielleicht lag es daran, dass auch Großvater ein wenig nervös war. Warum, begriff niemand, aber im Normalfall wagte er es nicht, Gunilla anzufauchen.

Andererseits war er irgendwie der Verantwortliche, vielleicht erklärte dies das Fauchen. Außerdem nahmen sie eine Taschenlampe für die Übernachtung im Basislager 2 mit sowie Bleistift und Notizblock.

Plus, natürlich, die Schlafsäcke.

Großvater trug einen, Mina trug den zweiten. Sie passten zu zweit in einen Schlafsack, keiner von ihnen war ja besonders dick, und Pelle konnte obendrauf liegen.

»Schaffst du das auch wirklich?«, fragte Gunilla besorgt, als Großvater sich mit einer gewissen Mühe den Rucksack auf den Rücken hievte. »Du bist nicht mehr der Jüngste, und denk an dein Herz.« Aber da sagte Großvater fast feierlich: »Wenn wir von Kebnekaise nach Tarfala hinaufgezogen sind, ohne schlappzumachen, dann können wir auch diesen Berg ersteigen, und jetzt singen wir *Im Frühtau zu Berge wir ziehn fallera*«, aber das konnte keiner.

Also blieb nur noch, das Aufbruchsignal zu blasen. Auf Gunillas Trillerpfeife.

Und es fehlte nicht viel, dass Cissi und sie Tränen in den Augen hatten.

»Du weißt ja«, sagte Gunilla, »dass ihr ganz oben in einem Funkloch seid. Mit dem Handy erreicht man euch da nicht.«

Großvater nickte, als hätte er daran schon oft gedacht, was er nicht hatte, und sagte schnell:

»Wir haben ja Pelle. Schnell wie ein Klingelton. Haltet nach ihm Ausschau.«

Dann gingen sie los. Eintragung im Logbuch: »Aufbruch Dr.Höhl.Brg. 10 Uhr 22. Cissi besorgt, aber plant Hilfsexpedition. Für alle Fälle.«

Sie sangen *Herrlich ist die Erde*. Und zogen in den Wald.

4. Gabriel ging dicht hinter Großvater, und er schien über etwas nachzudenken.

»P. O.«, sagte er immer wieder – er war der Einzige, der P. O. sagte, die anderen sagten Großvater –, »was genau werden wir finden?«

Von Großvater kam nur ein Murmeln als Antwort. Großvater hatte die vorige Expedition vor drei Jahren problemlos geschafft, eigentlich glänzend, bis zu dem Augenblick, als er in die Schlucht gepurzelt war und sich das Bein gebrochen hatte. Die Nacht danach, als sie in der zweiten Höhle gelegen hatten und

Großvater hilflos gewesen war und die Wolfsmutter die ganze Zeit im hinteren Teil der Höhle gelegen und mit funkelnden gelben Augen ihr Junges bewacht hatte – die Nacht vergaßen sie nie. Aber jetzt waren drei Jahre vergangen, und Großvater wusste irgendwie, dass er *nicht mehr ganz der Alte* war.

»Was genau werden wir finden?«, fragte Gabriel.

Großvater antwortete nicht. Das Klettern hatte noch nicht ernstlich begonnen, es ging aufwärts, aber nicht so steil, sie waren zwei Stunden gegangen, hatten aber noch ein Stück vor sich bis zur ersten Höhle, wo sie *vor dem entscheidenden Einstieg in die zum Gipfel führende Passage* übernachten würden. So musste man sagen. *Sturm auf den Gipfel* konnte man auch sagen. Wenn man das letzte Stück auf einen sehr schwierigen Gipfel hinaufkommen wollte, wie den Mount Everest zum Beispiel, dann würde man vom letzten Basislager aus den endgültigen *Sturm auf den Gipfel* beginnen.

Großvater keuchte stark. War er richtig gesund?

»Wie geht's?«, fragte Mina.

»Gut«, sagte Großvater. »Ich möchte jetzt rauchen.«

»Du kannst doch jetzt nicht wieder anfangen«, sagte Mina. »Wo du sieben Monate ohne durchgehalten hast.«

»Dann frag nicht«, sagte Großvater. »Mir geht es gut. Ich möchte rauchen.«

Mina fühlte ihre Besorgnis immer größer werden. Aber sie sagte nichts.

5. Gegen sechzehn Uhr erreichten sie die erste Höhle. Großvater setzte sich am Höhleneingang schwer auf einen Stein, zwängte sich aus den Trageriemen des Rucksacks, lehnte sich zurück und schaute zum Himmel auf und keuchte mit offenem Mund.

Großvater ist vielleicht nicht mehr so stark, dachte Marcus. Als er darüber noch ein bisschen länger nachgedacht hatte, wurde er plötzlich ein wenig ängstlich und sah Großvater noch einmal scharf an, doch nach kurzer Zeit sah er wieder okay aus; er hatte sich aufgesetzt, eine Prise Schnupftabak genommen und eine Coca Cola aufgemacht. Jetzt schaute er über das Tal hin und tat so wie einer, der ruhig auf die Welt blickt.

»Ja, Herrgott«, sagte Großvater. »Es ist drei Jahre her, und alle Bäume und Berge und Gewässer und alles sehen genauso aus wie damals. Und trotzdem kann ich mich nicht daran erinnern, dass ich beim vorigen Mal, als wir vom Basislager in der ersten Höhle heraufgekommen sind, so erschöpft gewesen wäre. Woran kann das liegen?«

»Du hast aufgehört zu rauchen«, sagte Marcus, der ein richtiger Scherzkeks war. »Das ist nie gut fürs Keuchen.«

»Richtig«, sagte Großvater, aber ohne Begeisterung. »Das muss es sein. Am Unterschied von drei Jahren kann es nicht liegen.«

»Was werden wir da oben finden?«, fragte Gabriel wieder; er war keiner, der so leicht lockerließ, und jetzt wollte er es wissen.

Großvater wollte offenbar nicht antworten.

Die Landschaft unter ihnen war sehr ruhig und schön, und es war völlig still, und der See Vällen lag wie ein riesiges schwarzes Messer da, das die ganze Landschaft durchschnitt und in Norwegen verschwand. Es gab viel Wild hier oben in Helgeboda, hauptsächlich Rehe und Elche, aber vor zwei Wintern hatte man in der Gemeinde Eda Spuren von zweiunddreißig Luchsen gefunden, und das war nicht wenig. Die Luchse waren furchtbare Jäger und gleichzeitig so scheu, dass es schwer war, sie vor die Flinte zu bekommen. Dann waren da noch der Wolf und der Bär. Gunilla war ein wenig bärenscheu geworden, seit ein Bär oben in Valsjöby einen erwachsenen Mann in den besten Jahren getötet hatte. Seitdem zögerte sie, ihre gewohnten Multbeerenmoore aufzusuchen; Großvater war der Meinung, dass das Albernheiten waren, doch die richtige Begeisterung für die Moore brachte auch er nicht mehr auf.

»Was suchen wir?«, fragte Gabriel.

Großvater hatte aufgehört zu keuchen. Er dachte an die Expedition vor drei Jahren. Es war eigentlich etwas vom Größten, was er erlebt hatte, ja, das Allergrößte. Und es würde fantastisch sein, das alles noch einmal erleben zu dürfen. Das war eigentlich die Antwort. Aber nur für ihn selbst. Wenn er nur nicht so müde wurde!

»Kannst du nicht antworten, P. O.?«, sagte Gabriel. »Wonach wollen wir suchen?«

Zwei Stunden später sahen sie den Bären.

Pelle war ja nie angeleint.

Es ging nicht, ihn in einem Wald an der Leine zu haben, er bewegte sich zu viel, war zu neugierig. Wenn er ein Reh sah, wollte er unbedingt aufspringen und Bussi machen. Das wollten allerdings die Rehe nicht, wenn er auf sie zugestürmt kam, aber er biss nie und kam immer zurück, wenn man pfiff.

Er war es, der den Bären als Erster sah. Oder roch. Zuerst war der Bär nicht zu sehen, da wusste nur Pelle Bescheid. Dann sah man ihn.

Es war, als ob jedes einzelne Haar in Pelles Fell sich sträubte. Er stand stocksteif da und hatte den Blick hinunter ins Tal gerichtet. Er gab eine Art Laut von sich, aber es war kein Knurren, eher ein leises Wimmern, als wüsste er nicht richtig, was er sagen oder tun sollte. Ausnahmsweise wirkte er vollkommen ratlos.

Keiner sah etwas Sonderbares. Das Tal still. Kein Laut.

»Pelle strahlt uns eine Mitteilung zu«, sagte Marcus vorsichtig. *»Aber es liegt keine Warnung darin, wenn ich richtig lese.«*

»Wovon redest du?«, sagte Gabriel ungeduldig.

»Ich glaube, es ist ein Bär.«

Und dann sahen sie schließlich alle, was Pelle mit seiner extremen Empfindlichkeit gewittert oder vielleicht an der *Strahlung von einem Tier zum anderen* abgelesen hatte: Sie sahen den Bären aus der Schlucht heraufkommen, er wandte sich schräg zum Berg hinauf und blieb stehen.

Er war weit weg. Vielleicht dreihundert Meter.

Langsam wandte er den Kopf in ihre Richtung, erstarrte, und auf einmal wurde Pelle unruhig, begann auf und ab zu springen, lief aber nicht fort.

Der Bär erhob sich langsam auf die Hinterbeine, stand still und blickte zu ihnen herauf.

»Das ist er«, sagte Marcus im Flüsterton. »Ich erkenne ihn wieder. Er hat in der dritten Höhle gelebt.«

Sie wussten alle, was er meinte. Damals hatten sie in der zweiten Höhle übernachtet, und am Ende hatte sich der Hubschrauber von Värmlands Rettungsdienst am Horizont abgezeichnet und war auf dem flachen Felsenabsatz hinter dem Gipfel gelandet. Und Großvater mit seinem gebrochenen Bein war an Bord getragen worden. Und Marcus war als Einziger das letzte Stück bis in die dritte Höhle gegangen und war dort dem Bären begegnet.

Er hatte es als Einziger gewagt. Er war dem Bären als Einziger begegnet.

»Er ist es«, sagte Marcus. »Ich erkenne ihn. Er war fast braunschwarz und hatte diese Zeichnung auf der Brust. Er ist es.«

Der Bär stand dort unten, auf den Hinterläufen, und sah zu ihnen herauf, die vor der Höhle saßen.

Plötzlich hörten sie ein schwaches Wimmern von Pelle, der jetzt vor und zurück sprang und sich schließlich zwischen Marcus' Füße setzte.

Und Marcus sah auf ihn hinunter und sagte mit einem verblüfften Gesichtsausdruck:

»*Pelle strahlt jetzt eine Nachricht hinüber.* Ich kann es ablesen.«

»Marcus«, sagte Mina nervös. »Hör jetzt auf mit diesem Strahlungskram. Ich hab Angst.«

»*Es strahlt jetzt ein*«, sagte Marcus. »Gleich hab ich's.«

Sie blickten alle auf den Bären, der dort mit erhobenem Kopf auf den Hinterläufen stand und sie ansah.

»Ich hab's«, sagte Marcus.

Keiner sagte etwas. Es war am Nachmittag des 27. Juni 2006, gegen 18 Uhr, sie hatten gerade ihre mitgebrachte Mahlzeit von Würstchen und Kartoffelmus beendet, genau da war der Bär gekommen, und genau da behauptete Marcus, dass *eine Nachricht vom Bären über Pelle zu ihm gestrahlt war* und dass es wichtig war.

»*Der Bär ist aus seiner Höhle vertrieben*«, flüsterte Marcus. »*Er bittet uns um Hilfe.*«

»Woher weißt du das?«, flüsterte Gabriel.

Aber er bekam keine Antwort. Es war einfach so, dass sie sich auf Marcus verlassen mussten. Und auf den Bären, der seine Mitteilung dem Hund zugestrahlt hatte und damit auch dem Jungen, der Tiere, die sich eine Warnung zustrahlten, sozusagen lesen konnte.

Eine Wolkenbank trieb von Westen heran, ein leichter Regen begann zu fallen. Der Bär wandte sich dem östlichen Abhang der Schlucht zu und verschwand.

Pelle war jetzt sehr still.

Der Regen nahm zu. Sie krochen in die erste Höhle und suchten Schutz.

Die Schlange beim Einstieg in die Nordwand

1. Großvater riss sich zusammen und scharte im Inneren der Höhle die Kinder um sich.

Der Hund Pelle hatte sich wieder beruhigt und schien sich wegen seiner Reaktion auf den Bären ein wenig zu genieren. Sie rollten die beiden Schlafsäcke aus und krochen hinein, und Großvater erkannte plötzlich, dass er jetzt gezwungen war, *gewisse Routinen einzuführen.* Wenn man gewisse medizinische und psychologische Routinen beherrschte, konnte man in Zeiten starker Nervosität und äußerer Gefahr seine Ängste in den Griff bekommen.

Er musste die Kinder jetzt beruhigen. Das war seine Pflicht und Schuldigkeit.

Durch die Routinen hatte man Kontrolle, auch in großer Bedrängnis. Er war zu der Ansicht gekommen, dass darin im Grunde jede Krisenbewältigung bestand. In Zeiten der Unruhe musste man *sein ruhiges Ich aufsuchen.*

Das war die eigentliche Lösung: *Suche dein ruhiges Ich auf!*

Die erste Routine bestand darin, dass alle Kinder jetzt ihren Puls kontrollieren mussten. Sie hatten nur eine Uhr mit Sekundenzeiger, deshalb taten sie es gemeinsam. Er selbst hatte einen Puls von fünfundachtzig, der Puls der Kinder war niedriger, im Schnitt fünfundsechzig; er erklärte, dass sämtliche Pulswerte ganz normal seien und dass am nächsten Morgen alles gut gehen werde.

»Der Puls«, erklärte er dem fragend blickenden Hund Pelle, »ist die Anzahl der Schläge, die das Herz in einer Minute macht.« Und dann maßen sie Pelles Puls. Er war niedrig, nur einundfünfzig. Großvater erklärte beruhigend, dass dies für einen Hund ganz normal und Pelle für den morgigen Tag gesundheitlich gut gerüstet sei. Da fingen die Kinder an zu fragen, was sie morgen vorhätten.

Großvater zögerte mit der Antwort und gab als Extraration ein halbes Daim pro Person aus. Auf Nordpolexpeditionen – zum Beispiel mit dem Schiff *Erebus*, das im Eis festfror, worauf das Schiff zermahlen und die Besatzung von Eisbären angegriffen und am Ende aufgefressen wurde –, auf diesen Expeditionen zum Nordpol wurde Schiffszwieback als Extraration ausgegeben. Er wurde auch Langzwieback genannt, und es war der Brauch, außerdem allen einen Schnaps zu geben. Aber weil sie alle enthaltsam seien, sagte Großvater, würden sie das auf ihrer eigenen Expedition zum Dreihöhlenberg nicht tun.

Großvater erzählte so lebhaft vom Untergang der *Erebus* und wie die Besatzung bis zum letzten Mann aufgefressen wurde, dass die Kinder ihre Frage, die den morgigen Tag betraf, vergaßen. Und ebenso vergaßen sie die Antwort auf die Frage, wozu das hier alles gut sein sollte. Die stand auch noch aus.

Aber früher oder später musste er die Kinder *einweihen.*

Er konnte nicht länger schweigen. Er fing damit an, ihnen von der Karte zu erzählen, die sie in dem Zelt gefunden hatten, das unten am Ufer gestanden hatte. Dann erklärte er ihnen, warum es zwei Versionen dieser Karte gab und warum er sich Sorgen machte. Und am Ende erzählte er, wonach sie suchten.

Danach wurde es ganz still. Vielleicht waren sie alle ein bisschen überrascht. Und jetzt sollten sie schlafen.

2. Sie verließen die erste Höhle gegen neun Uhr.
Das Frühstück hatte aus einem Daim pro Person, zwei belegten Broten und Wasser aus Großvaters Feldflasche bestanden. Pelle hatte Trockenfutter aus einer Schöpfschale aus Birkenrinde bekommen, die Großvater einmal in Nikkaluokta gekauft hatte, aber Pelle hatte den harten und dürftigen Proviant nicht fressen wollen, sondern darum gebeten, mit Mina und Gabriel und Marcus die belegten Brote teilen zu dürfen. Die drei hatten daraufhin erklärt, echte Tierfreunde zu sein, im Unterschied zu Großvater, der *Prinzipien* hatte.

Ein Prinzip war, dass Pelle bei Tisch nicht betteln durfte. Das hatte Gunilla so bestimmt.

Großvater war ein wenig gekränkt von der Kritik der Kinder.

Sie sei ungerecht, sagte er und erzählte eine Geschichte von seiner Mutter, der Lehrerin, die ihre Schüler in Hjoggböle einmal gefragt hatte, *wann man direkt aus dem Krug trinken dürfe*, und die Antwort sollte natürlich lauten: *Nie!* Aber da hatte eine Schülerin, es war Alfhild gewesen, die Hand gehoben und die Erlaubnis bekommen, die Frage zu beantworten, und sie war aufgestanden und hatte feierlich geantwortet: »*Wenn niemand es sieht!*«

So verhielt es sich auch mit Pelle, meinte Großvater. Wenn nur Gunilla es nicht sah, durfte er bei Tisch betteln und Leckerbissen von den Kindern einheimsen.

So war das also mit Pelle und den belegten Broten, und Großvater sagte, dass dies ein Gleichnis sei wie die in der Bibel, und es sollte der Beweis dafür sein, dass er ganz und gar nicht böse zu Tieren war. Und selbstverständlich gab er Pelle Leckerbissen vom Tisch, was Gunilla verboten hatte, *aber er gab sie Pelle nur dann, wenn Gunilla es nicht sah.* Die Kinder hatten daraufhin pflichtschuldigst gelacht, aber nicht gefunden, dass die Geschichte besonders witzig war.

»Wenn der Bär nicht in der dritten Höhle ist«, fragte Mina, »wo ist er dann?«

Großvater antwortete nicht.

»Es ist Sommer, und er braucht keinen Winterschlaf zu halten«, sagte Marcus. »Er kann überall sein. Er kann in einem Multbeerenmoor sein und sich satt fressen, oder er kann auf Bäume klettern und Kiefernzapfen mampfen, oder er kann kleine Kinder wie Gabriel verdrücken. Haps.«

»Marcus, das ist nicht witzig.«

»Entschuldigung«, sagte Marcus. »Bären fressen keine kleinen Kinder wie Gabriel. Du bist ihnen zu knochig. Sie wollen fettere Typen. Bären fressen Beeren.«

Es ging sich ganz leicht.

Mina und Marcus, die ja vor drei Sommern dabei gewesen waren, erinnerten sich daran, dass es damals schwierig und glitschig gewesen war, dass der Pfad matschig gewesen war und man die ganze Zeit ausglitt; aber jetzt ging es sich ganz leicht. Es gab Nadeln auf dem Pfad, und Großvater dachte an die Zeit, als er selbst neun Jahre alt gewesen war und beschlossen hatte, der beste Läufer der Welt zu werden und eine Medaille bei Olympia zu gewinnen; er wollte genauso gut werden wie einer, der Gunder Hägg hieß. Er würde auf Waldpfaden mit Tannennadeln trainieren, und seine Beine würden fliegen, und er würde nie müde werden, denn das wurde man nicht auf Waldboden.

»*Was ist denn jetzt, kommt der Bär hinter uns her, oder was?*«, hörte Großvater Gabriels dünne Stimme hinter sich.

Wie viele Kilo wog der Rucksack? Achtzehn?

Das hatte Großvater immer geschafft, früher. *Im Früher*, wie er immer sagte. Aber jetzt war er fünfundsiebzig, und *im Früher* war ziemlich lange her. Übrigens war irgendetwas mit der *Stimmung in der Truppe* nicht ganz in Ordnung. Es war, als wären sich alle *einer unerhörten Bedrohung* bewusst. Gabriel quasselte mit seiner piepsigen Stimme dauernd von dem Bären hier und dem Bären da und machte sie alle nervös. Auch Großvater, den es ein wenig nervte, dass er nicht in Ruhe daran denken konnte, wie er selbst Kind gewesen war und auf einem Waldpfad zum Bensberg hinaufgelaufen und sicher ganz nahe daran gewesen war, Olympiasieger zu werden.

In den Nächten, als er Kind war, und manchmal auch jetzt kam es vor, dass er davon träumte, auf Waldpfaden mit Tannennadeln zu laufen. Das war so schön.

In den Nächten wurde er nie müde.

»*Nur ruhig*«, sagte er nach hinten zu Gabriel. »*Es kommt kein Bär.*«

Plötzlich hörte er selbst, wie schwer er keuchte. Das Herz, dachte er, ist perfekt und noch nie besser gewesen. Er musste den Kindern das sichere Gefühl geben, dass alles in Ordnung war. Er blieb stehen und drehte sich um. Was sollte er sagen? Ein aufmunterndes Kommando, um die Stimmung aufzuheitern?

»Jetzt möchte ich rauchen«, sagte er feierlich.

Genau in dem Moment hörten sie den Hubschrauber.

3. Sie befanden sich knapp unterhalb der Baumgrenze. Oberhalb der Baumgrenze war es kahl, sehr kahl. Großvater wandte sich zu seinen Gefährten um; beinahe mit Panik in den Augen schaute er um sich. Es gab zwar noch Bäume um sie herum, aber die kahlen Stellen überwogen, und nur hundert Meter über ihnen war der Berg ganz kahl und bot keinerlei Schutz. Das Motorgeräusch, das von einem Hubschrauber stammen musste, kam immer näher, und auf einmal erkannte Großvater, dass sie schnell handeln und in Deckung gehen mussten.

»In Deckung!«, brüllte er. **»Schnell, unter die Bäume! Geht in Deckung!«**

Plötzlich fiel alles Zögerliche von der Truppe ab. Die Kinder huschten blitzschnell ins niedrige Buschwerk, nur war die Vegetation so schütter, dass fünf bis zehn Meter zwischen den einzelnen Büschen lagen. Mina, die schwer beladen war, nahm das nächste Gebüsch und warf sich mitten in ein kleines Wacholdergestrüpp, rollte herum und knickte ein paar Zweige ab, landete aber auf dem Rücken. Im Fallen verlor sie den Rucksack mit dem zusammengerollten Schlafsack und wickelte sich beinahe um eine krumme Kiefer, die eine flache Krone über ihr ausbreitete. Die anderen blickten sich verzweifelt um, und Gabriel fand eine Mulde, die von Wacholderbüschen überwachsen war. Ein paar Sekunden später war er in Deckung.

Marcus war der Letzte.

Er lief wie ein aufgescheuchter Hase den längsten Weg, schaffte es jedoch im letzten Moment. Da lag Großvater schon in Deckung, mit dem Rucksack über dem Gesicht und etwas Nassem am Rücken, das er zuerst für Blut hielt, das sich aber rasch als ein kleiner Bach oder eher ein Rinnsal herausstellte.

»Nehmt Pelle!«, rief er. »Ruft Pelle zu euch!«

Aber Pelle hatte schon den richtigen Platz gefunden. Er war zu Marcus gestürzt und hatte sich in dessen Bauch gebohrt, hechelte mit weit heraushängender Zunge, lag aber reglos.

Der Hubschrauber kam dröhnend in zwanzig Meter Höhe über den Bergkamm. Er war schwarzgrau, wie ein Raubvogel. Es stand nicht »Polizei« auf der Seite. Nichts stand da.

Langsam stieg er in einer weichen Kurve aufwärts, mit Kurs nach Osten.

Es dauerte vielleicht fünfundvierzig Sekunden, dann war er verschwunden. Niemand hatte sie gesehen.

Gabriel war der Erste, der etwas sagte.

»Kommt her und guckt mal!«, rief er mit seiner dünnen Stimme. »Hier ist jemand.«

Mina stand auf, der Rucksack war ihr heruntergerutscht, aber alle Riemen waren noch dran, und sie selbst war schmutzig im Gesicht, weil sie damit zuerst auf der Erde gelandet war. Man konnte ihr ansehen, dass sie es nicht spaßig fand.

»Kommt her!«, hörten sie Gabriel. »Hilfe!«

»Was hast du denn?«, sagte Mina beinahe schluchzend. »Du machst mich noch verrückt.«

»Ich hab mich auf eine Schlange gesetzt«, sagte Gabriel.

Es folgte ein Augenblick verblüfften Schweigens. Dann liefen sie zu ihm hin.

Es bestand gar kein Zweifel daran, dass er sich auf eine Schlange gesetzt hatte. Sie war ganz schwarz und sicher eineinhalb Meter lang, und jetzt lag sie zusammengerollt da, hob den Kopf und blickte sich vorwurfsvoll um. Ihre Zunge züngelte in ihrem Maul. Sie betrachtete die drei Kinder, die in einem Kreis um sie herumstanden.

»Du hast dich draufgesetzt? Was hat sie getan, gebissen?«

»Nee, ich bin ja aufgestanden und da … Ich hab mich noch nie zuvor auf eine Schlange gesetzt, ich weiß nicht, was man da tut … Soll man sich entschuldigen?«

»Eine Schlange«, sagte Großvater flüsternd; er war hinzugetreten, jetzt ohne Rucksack, aber sein ganzer Rücken war klatschnass, weil das kleine Rinnsal durch die Kleidung gedrungen war. »Eine Ringelnatter, da hast du Glück gehabt. Das ist die größte und schönste Ringelnatter, die ich je gesehen habe.«

»Wieso zum Teufel setzt du dich auf eine Schlange«, sagte Marcus. »Das ist ja Tierquälerei! Du hättest sie verletzen können!«

»Hör auf! Und lass das Fluchen!«, sagte Mina. Im selben Moment spürte sie, dass sie im Begriff war, in Tränen auszubrechen, dachte aber sofort daran, dass sie das nicht durfte, wegen der Gefährten, und da ermannte sie sich.

Gabriel war der Einzige, der ganz ruhig wirkte. Er saß einen Meter von der schwarzen zusammengerollten Schlange entfernt und beobachtete sie gespannt, fast mit Liebe.

»Wie sollen wir sie nennen?«, sagte er andächtig.

Sie dachten alle eine Weile darüber nach. Schließlich sagte Gabriel selbst: »Pethrus«, sagte er. »Ich nenne sie Pethrus. Und es ist *meine* Schlange, weil ich sie zuerst gesehen habe und … und ich …«

»Du hast dich draufgesetzt«, sagte Marcus ungnädig. »Ja, es ist deine.«

Gabriel beobachtete die Schlange unverwandt. Dann lächelte er breit und befreit.

»Es ist *meine* Schlange«, sagte er. »Und sie soll Pethrus heißen.«

Sie legten eine Pause ein.

Großvater erklärte Gabriel, dass er die Schlange nicht mitnehmen durfte, eine Schlange wie diese musste ihr Leben in Freiheit verbringen dürfen, und sie hatte ja freundlich und nicht feindlich reagiert, als Gabriel *sich mit seinem breiten Hintern*, wie Marcus es ausdrückte, *auf das friedliebende Wesen gesetzt hatte*. Jetzt mussten sie selbst guten Willen zeigen; Pethrus sollte etwas von dem Reserveproviant bekommen, den sie mitgenommen hatten, und deshalb legten sie ein halbes Daim und ein bisschen von Pelles Trockenfutter auf einen kleinen Haufen. Die Schlange Pethrus lag reglos da, hatte die Zunge eingezogen und schien das Friedensangebot zu akzeptieren. Sie wirkte jetzt ganz cool.

Erst da fiel ihnen der Hubschrauber wieder ein. Was war eigentlich geschehen?

»Ich erkläre es später«, hatte Großvater gesagt, *»wenn ich es kann.«*

Aber ganz im Innersten wollte er lieber nicht erklären, warum es so notwendig gewesen war, in Deckung zu gehen und von den unbekannten Männern im Hubschrauber nicht gesehen zu werden. Und als sie fragten, ob sie jetzt gezwungen wären, nach Söderås zurückzukehren, wo Gunilla und die anderen waren, da stimmten sie gemeinsam darüber ab. Und mit vier gegen eins stimmten sie dafür, nicht umzukehren, sondern den Auftrag durchzuführen und den Marsch hinauf zur dritten Höhle wieder aufzunehmen.

Pelle hatte als Einziger für die Umkehr gestimmt. Ahnte er etwas?

Das Kind der Wolfsmutter

1. Sie verließen die schützenden Büsche an der Baumgrenze und setzten den Aufstieg in die Westwand fort.

Es war jetzt steil, aber man konnte gut klettern. Marcus und Gabriel hatten nicht mal einen Rucksack zu tragen; sie trugen nur perfekte Kletterkleidung mit Stiefeln aus Gummi, beide von der Marke Trelleborg Alp Masters, und einen Anorak, falls der Regen sie überraschen sollte. Sie wussten, dass die zweite Höhle nur noch einen halbstündigen Aufstieg entfernt war, und die Westwand am Dreihöhlenberg war nicht sehr schwierig.

Hier würden sie den Einstieg beginnen.

Großvater hatte ihnen ja schon beigebracht, wie man sich ausdrückte. Man *nahm die Westwand in Angriff* und *stieg in sie ein*, so sollte man sagen, genauso redeten die Bergsteiger am Matterhorn oder am K2, zwei Berge übrigens, die eher noch höher waren als dieser. Und die von mutigen Männern – und Frauen! – besiegt worden waren, indem sie genau die richtige Ausrüstung benutzten, aber vor allem die richtigen Wörter.

Genau in dem Moment klingelte Großvaters Handy. Sie wussten alle sofort, dass es Großvaters Handy war. Und alle horchten auf und fühlten sich einen Augenblick wie zu Hause. Und in Sicherheit. Dafür gab es eine Erklärung:

Großvater hatte einen supercoolen Klingelton auf seinem Handy. Er hatte die Kinder bestimmen und ihn draufsprechen lassen und versprochen, ihn nicht zu ändern; und jedes Mal wenn es klingelte, war es darum kein Telefonklingeln, sondern Moas Stimme, die grell und wahnsinnig durchdringend schrie: »P. O., P. O., beeil dich! Beeil dich! Lieg nicht auf der faulen Haut, hak den BH zu, Großvater, und komm ans Telefon!« Das mit dem BH war so ein Soldatenspruch, hatte Großvater mal erzählt, und das war natürlich ziemlich lustig, zumindest die ersten Male. Danach bekam man es schnell über, aber Großvater hatte versprochen, den Klingelton zu behalten, sonst wären die Kinder *untröstlich*, behauptete er.

Nur einmal war es ziemlich peinlich gewesen.

Es war bei einer Theaterpremiere im *Dramaten*, einem Theater in Stockholm, er und Gunilla hatten Karten bekommen, und dann hatte das Stück angefangen, und im Saal war das Licht ausgegangen. Es war wie im Kino, und oben auf der Bühne hatten die Schauspieler angefangen zu spielen, man sagt *spielen*, so gesehen war es wie Fußball, und sie spielten mächtig ergreifend, und im Publikum gab es mehrere, die weinten. Und da war auf einmal, weil Großvater vergessen hatte, sein Handy auszuschalten, Moas durchdringende, schrille Stimme durch den Theatersaal geklungen: »P.O., P.O., beeil dich! Beeil dich! Lieg nicht auf der faulen Haut, hak den BH zu, Großvater, und komm ans Telefon! P.O., P.O., beeil dich …« Großvater hatte verzweifelt sein Handy gesucht, aber er war so nervös geworden, dass er es nicht fand.

Und die Schauspieler oben, die gerade an einer gefühlvollen Stelle waren und schluchzten und weinten, waren außer sich, und einer von ihnen rief: »Wir müssen hier leider unterbrechen, offenbar hat jemand vergessen, sein Handy auszuschalten!«, und Großvater hatte sein Handy immer noch nicht gefunden und wühlte in den Tiefen seiner Hosentaschen, und Gunilla zischte ihn nur an: »Raus! Raus!«, und Großvater musste sich durch die ganze Reihe drängen und hörte jemanden hinter sich eindeutig kritisch und so laut sagen, dass jeder es verstehen konnte: »Aber das ist doch dieser Enquist!« Und ein anderer sagte: »Das ist wirklich das Letzte!« Und eine Frau, die ganz am Ende der Reihe saß, war auch wahnsinnig wütend und sagte: »So jemand sollte Hausverbot bekommen und nicht allen anderen den Genuss verderben dürfen!« Dabei versuchte sie, Großvater mit ihrer *juwelengeschmückten Hand* eine zu wischen, das hatten die Leute im *Dramaten* nämlich, also Juwelen an den Händen, aber so fest kann die Ohrfeige nicht gewesen sein, denn Großvater war hinterher nicht verletzt, und gerade als er die Tür nach draußen aufbekam, fand er endlich das Handy, gerade als Moas durchdringende Stimme zum letzten Mal schrie: »Hak den BH zu, Großvater, und komm ans Telefon!« Da drückte Großvater auf die richtige Taste, und es wurde still.

Er war danach ein ganzes Jahr lang nicht ins *Dramaten* gegangen, aber nicht, weil er Hausverbot bekam, sondern freiwillig.

Jetzt klingelte auf jeden Fall das Handy, genau beim Einstieg in die Westwand des Dreihöhlenbergs. Und jetzt war es beinahe richtig schön, Moas aufgekratzte Stimme zu hören, und Großvater fand das Handy auch sofort.

Es war Gunilla.

Es war anscheinend keine ganz gute Verbindung, sie befanden sich auch fast schon im Funkloch, sodass das Klingeln eigentlich gar nicht hätte durchgehen sollen, aber Großvater hörte trotzdem deutlich ihre Stimme, nur dass sie zwischendurch manchmal verschwand. »Ja, uns geht es gut, hallo? Ja, uns geht es gut, und wir haben gerade den Einstieg in die Westwand … Hallo?« Großvater schnitt Grimassen, um zu verstehen, was Gunilla sagte. »Nein, du sollst den Rettungsdienst nicht rufen … Hallo … Uns geht es bestens. Doch. Ja, ich liebe dich auch. Ja, ja, das ist angekommen.« Er verzog das Gesicht zu immer wilderen Grimassen, als versuchte er, die Worte selbst hervorzubringen, damit sie deutlicher wurden. »Ja, sag ich doch, ich hab dir doch ein für alle Mal gesagt, dass ich dich liebe, und wenn sich daran etwas ändert, rufe ich auf der Stelle an.« Jetzt verschwand der Ton wieder, kam aber zurück, und Großvater sagte: »Ja, außer dass Gabriel sich auf eine Schlange gesetzt hat.« Jetzt schien es einen Augenblick der Verwirrung zu geben. »Hallo, hallo, ja, ich habe gesagt, dass Gabriel sich auf eine Schlange gesetzt hat … Schlange! Nein, Schlange! Gesetzt! Auf eine Schlange! Hallo? Hallo?« Und dann stand er lang mit dem Handy in der Hand da, und die Verbindung war offensichtlich abgebrochen.

Er steckte nachdenklich das Handy ein und sagte zu seinen Kameraden, die das Gespräch aufmerksam verfolgt hatten und es zu deuten versuchten:

»In Basislager eins ist offenbar alles in Ordnung. Es war völlig ruhig. Aber jetzt war die Verbindung weg. Und von nun an befinden wir uns anscheinend im Funkloch. Avanti! Vorwärts!«

Und so nahmen sie den Einstieg in die Westwand des Dreihöhlenbergs wieder auf.

Gabriel ging als Letzter. Er drehte sich immer wieder um, bis Mina ihn schließlich gereizt fragte, wonach er eigentlich die ganze Zeit guckte.

»Nach der Schlange«, sagte Gabriel. »Meiner Schlange. Ich glaube, sie folgt mir.«

»Hast du Schiss?«

»Spinnst du?«, sagte Gabriel empört. »Es ist doch *meine* Schlange. Sie folgt mir, glaube ich, als Adjutant.«

»Du hast sie nicht alle«, sagte Mina.

»Ich weiß aber, dass meine Schlange mir folgt. *Wie ein Hund!*«

»Deine Schlange wartet bestimmt auf dich, wo du sie zurückgelassen hast«, sagte Mina tröstend.

Widerwillig hörte er auf zurückzuschauen.

»Es ist *meine* Schlange«, sagte er. »Und ich weiß, dass sie mir folgt. Für den Fall, dass ich sie brauche.«

2. Sie erblickten den Eingang zur zweiten Höhle gegen fünfzehn Uhr am 27. Juni 2006, und die Höhle war nur fünfzig Meter entfernt. Alles war vollkommen normal. Die Sonne war hinter Wolken verschwunden. Großvater keuchte schwer, und Mina trat dicht zu ihm und sah ihn scharf an. Es war dieses Problem mit dem Herzen, aber er war nicht blass, und seine Atemzüge waren heftig, und er erwiderte ihren Blick.

»Ich bin okay«, sagte er. »Völlig okay.«

»Lass es ruhig angehen«, sagte Mina.

»Ich bin gut in Form, nur dass ich gern rauchen möchte«, sagte Großvater.

»Na super«, sagte Mina.

Sie standen still da und blickten zum Höhleneingang hinauf. Keine Bewegung, sie konnten vielleicht einen Meter ins Höhleninnere sehen, dahinter war es zu dunkel. Drei Jahre war es her, dass sie eine Nacht hier verbracht hatten, Großvater P. O. mit einem gebrochenen Bein und im hintersten Teil der Höhle die Wolfsmutter, die ihr Junges bewachte. Wo waren die beiden wohl jetzt?

»Wollen wir nachsehen?«, fragte Marcus vorsichtig.

Keiner antwortete. Keiner rührte sich.

»*Ich* kann nachsehen«, sagte Marcus aufs Neue, bewegte sich aber nicht. »Jemand muss nachsehen, ich kann es tun.«

»Warum gerade du?«, sagte Gabriel.

»Wir warten ein wenig«, sagte Großvater, und sie hörten an seiner Stimme, dass er unsicher war oder über etwas nachgrübelte.

»Warum sollen wir warten?«, sagte Gabriel. »Wo wir schon bis hierhin gegangen sind, sollen wir einfach nur hier stehen? Worauf warten wir? Und wollten wir nicht sowieso zur dritten Höhle?«

»Doch«, sagte Großvater. »Ich möchte nur so gern rauchen.«

»Hör jetzt auf damit!«, sagte Mina.

Da, genau da, kam der Wolf aus dem Dunkel der zweiten Höhle.

3. Es war der größte Wolf, den sie je gesehen hatten, und er stand reglos im Eingang der Höhle.

Pelle, der erstarrt war, als der mächtige Kopf des Wolfs erschien, und jetzt völlig steif und reglos dastand, gab ein kurzes, dumpfes Bellen von sich, und der Wolf sah auf Pelle herab und drehte den Kopf, beinahe verächtlich; aber da schien Pelle seine Meinung zu ändern. Sein ganzer Körper nahm eine eigentümliche Haltung an, es war, als pflanzte ein kleines Frösteln sich über sein Fell fort, und ein schwaches Wimmern wurde hörbar, das sie so von ihm noch nie gehört hatten. Und plötzlich schlug Marcus die Hände vor Gesicht. Als hätte er *verstanden.*

»Ich glaube, *Pelle leitet eine Mitteilung weiter*«, sagte er heiser, »es ist wieder eine Art Strahlung. *Er sendet!*«

Mina sah ihn an, sie öffnete den Mund, als wäre sie drauf und dran, ihm zu sagen, dass er aufhören sollte, ein für alle Mal! Dass er diesen idiotischen Kram mit der Strahlung sein lassen sollte; doch dann sah sie etwas in Marcus' Gesicht, das sie nicht kannte, das ihr beinahe Angst machte. Sie schloss die Augen, sie atmete tief durch, es war fast wie ein Schluchzen.

»Marcus«, flüsterte sie. »*Was sendet er?*«

Der Wolf wandte den Kopf ins Innere der Höhle, als ob er einen Augenblick zögerte, und blickte dann zurück zu den Kindern und Großvater und Pelle. Auch aus dieser Entfernung konnten sie seine eisgelben Augen sehen, aber es war, als hätten die Augen sich plötzlich verändert, als wäre die Intensität seines Blickes stärker geworden, gleichzeitig aber weniger unfreundlich.

»Das ist Maja-Rubert«, sagte Marcus atemlos. »Das Wolfsjunge, das wir auf den Namen Maja-Rubert getauft haben. Ich bin mir sicher. Wir haben ihn ja drei Nächte bei uns gehabt und ihm das Leben gerettet, als sein Vater gestorben war.«

»Was für ein komischer Name«, sagte Gabriel. »Woher weißt du denn, dass …«

Aber Marcus machte nur eine abwehrende Handbewegung, um Gabriel zum Schweigen zu bringen. Der Wolf am Eingang zur Höhle hob den Kopf, als witterte er etwas. Oder als wollte er eine Botschaft vermitteln.

»Jetzt kapiere ich«, sagte Marcus. »Er hat uns zugestrahlt, dass er uns *wiedererkannt* hat. Aber das hat Pelle natürlich nicht kapiert, weil er damals nicht dabei war, deshalb wurde die Strahlung unklar. *Er hat uns wiedererkannt.*«

Sie hörten eine Art schluchzendes, tiefes Atmen von Mina, nicht aus Protest, sondern so, als hätte sie verstanden und als hätte sie – erst jetzt – das kleine Wolfsjunge erkannt, das vor drei Jahren in Söderås zwischen ihnen gelegen hatte, das Wolfsjunge, das jetzt riesig geworden war.

Und sie musste etwas fragen.

»Wo ist denn die Wolfsmutter?«, fragte sie. »Strahlt er etwas über sie? Wo ist sie?«

Marcus nickte, zuerst langsam, dann immer eifriger.

»Darum hat er wohl letzten Dienstag vom Berg heruntergesungen«, sagte er dann.

»*Warum?*«

Es wurde still, es war, als fiele es Marcus schwer, etwas zu verstehen, als wäre es zu schwer zu verstehen oder zu unbegreiflich.

»Es hatte was mit der Wolfsmutter zu tun«, sagte er. »Da ist was. Irgendetwas. Ich begreife es nur nicht richtig.«

»Sind es Worte?«, fragte Großvater flüsternd.

»Nein, es ist eine Wolke ... Es ist wie Dampf ... Pelle kann es nicht richtig weiterstrahlen, weil ... Jetzt hab ich's!«

»Marcus«, sagte Mina weich. »Es macht nichts, wenn du es nicht begreifst. Wir können umkehren und zurückgehen.«

»Ich begreife es aber«, sagte Marcus. »Er sagt, dass die Wolfsmutter gewissermaßen ... Ich glaube, ihr Geist ist im Begriff zu *verdampfen*, gewissermaßen zu *verdampfen*. Er steigt auf wie eine Wolke. Vielleicht will er auch sagen, dass es schon geschehen ist. Sie ist schon *in dem blauen Tal mit Preisel-*

beeren und Wasserfällen. Aber er will, dass wir etwas mit der leiblichen Hülle machen, dem Körper.«

Und da, genau da, hob der Wolf den Kopf, und ein lang gezogener, anschwellender Gesang kam aus seiner Kehle, »OoooooooooouuuuuuuOOOOOOoooooouuuuuu!«, und er sang nur ein Mal.

Dann wandte er sich nach Osten. Er ging langsam und ohne zu ihnen hinunterzublicken an der Felskante entlang, zum Gipfel hinauf: Und dann war er verschwunden.

»Marcus«, sagte Großvater kaum hörbar. »Was hieß das?«

»Das blaue Tal mit Preiselbeeren und Wasserfällen«, sagte Marcus.

»Und was hat er Pelle zugestrahlt?«

»Dass sie dorthin verdampft ist. Wie Mischa. Und dass sie jetzt in dem blauen Tal mit Preiselbeeren und Wasserfällen ist.«

Großvater nickte langsam.

»Er hat um Hilfe gebeten«, sagte Großvater. »Deshalb hat er in den beiden Nächten gesungen. Jetzt liegt sie da und ist tot. Hat er das gemeint?«

»Ihr Geist ist verdampft«, sagte Marcus, und seine Stimme zitterte ein wenig, ohne dass sie verstehen konnten, warum.

Es hatte etwas mit Mischa zu tun. Und damit, dass er sich daran erinnerte, wie es gewesen war, als sie ihr geholfen hatten, hinauf zu dem blauen Tal mit Preiselbeeren und Wasserfällen zu verdampfen. Nur der Körper bleibt zurück, die leibliche Hülle.

»Er will vielleicht, dass wir … Du weißt, Mischa …«, flüsterte Marcus. »Dass sie begraben wird.«

»Wie Mischa«, sagte Großvater. »Unter einem Apfelbaum.«

Sie standen eine Zeit lang schweigend da und dachten über das Gesagte nach.

Mina sah sie an, sie war sich nicht sicher, ob sie alles verstanden hatte, wollte aber das Schweigen nicht brechen, denn es war so sonderbar.

»Hier gibt es keinen Apfelbaum«, sagte Marcus.

Großvater schulterte langsam den Rucksack. Es bereitete ihm immer Schwierigkeiten, ihn hochzubekommen, er erschien ihm fast bei jedem Mal schwerer, aber am Ende saß er jedenfalls da, wo er sitzen sollte.

»Wenn man keinen Apfelbaum hat«, sagte er, »dann muss man einen machen. Das bekommen wir schon hin. Er hat uns um Hilfe gebeten, und da lassen wir ihn nicht hängen.«

»Wir sollen einen Apfelbaum machen?«, fragte Marcus vorsichtig.

»Yes«, sagte Großvater. »Für sie.«

Eine Weile war es still. Dann nickte Marcus. Sie waren sich einig.

»Aber zuerst«, sagte Großvater, »gucken wir in die dritte Höhle. Denn deshalb machen wir das doch alles. Wer geht zuerst?«

Pelle gab ein kleines näselndes Geräusch von sich und sah sich nach den anderen um. Dann trabte er los, den anderen voraus, hinauf zur dritten Höhle auf dem Gipfel des Dreihöhlenbergs.

Der Feind wird entdeckt

1. Im Logbuch, und darin wurde die Eintragung erst viel später vorgenommen, ist die exakte Zeit angegeben: »Ankunft bei d. 3. Höhle 27. 6. um 18 Uhr 35. Marcus macht d. Entdeckung? Pelle vom Tod bedroht 19 Uhr 05.«

Der Handschrift nach zu urteilen stammt die Eintragung von Gunilla und wurde später gemacht. Woher konnte sie die genaue Uhrzeit wissen?

Natürlich hätten beim vorigen Mal alle in der dritten Höhle sein sollen.

Der Bär war der Besitzer der Höhle gewesen, damals, als er sich am Eingang gezeigt hatte, und als Marcus der Einzige von ihnen gewesen war, der sich vorwagte. Aber ganz drinnen war er nicht gewesen. Unmittelbar vor der Höhle war ein Felsenplateau von vielleicht neunzehn Quadratmetern, ganz eben, fast wie geschliffen; dann fiel der Berg in einem Hang ab, der sich zunächst ziemlich sanft neigte, danach aber, wie Marcus, der eine Dichternatur war, es ausdrückte, *absteilte. Berge höhen sich, und Hänge steilen ab, da kommt es darauf an, dass man sich auf den Beinen hält,* wie er einmal gesagt hatte.

Vom Gelände hinter der Höhle sah man nicht viel. Aber sie wussten, dass der eigentliche Gipfel ein sanft gerundeter Hügel war, und darauf lag die ebene Fläche, die damals, vor drei Jahren, als Landeplatz für den Hubschrauber der Polizei von Värmland gedient hatte, die die Wolfsmörder verjagt und P. O. mit seinem gebrochenen Bein gerettet und nach Hause gebracht hatte.

Die Höhle war ungefähr acht Meter tief. Ganz im Inneren war die Decke ziemlich niedrig, man konnte in dem grauen Dämmerlicht ahnen, dass dort der Bär gelegen hatte; es war, als machte die Höhle ganz hinten eine Biegung, als ginge sie von der vorderen Höhle in die eigentliche Bärenhöhle über. Aber jetzt war da kein Bär. Nein, kein Bär.

Doch etwas anderes.

»Was ist das denn?«, sagte Gabriel. »Warum sind hier Pakete?«

Großvater ging vorsichtig hinüber zur Nordwestwand der Höhle. Zuerst war es schwer zu erkennen, was dort gestapelt war; es war eine Form von elektronischer Ausrüstung, das war klar, aber wozu sie dienen sollte, war schwer zu begreifen. Außerdem große Kisten mit den Maßen 120 mal 60 mal 25 Zentimeter, die verschlossen zu sein schienen. Zehn Kisten, die ganz offensichtlich Whiskyflaschen enthielten, ungeöffnet, alle schottischen Ursprungs und torfig. Aber nicht dies war das eigentlich Interessante, auch nicht die vier Kisten mit Zigarettenstangen.

Das Interessante waren die weißen Pakete. An der Wand waren in Plastikfolie verpackte weiße Päckchen gestapelt.

»Großer Gott«, flüsterte Großvater.

Pelle ging hin und schnüffelte, stand einen Moment reglos da, nur seine empfindliche Nase vibrierte. Dann drehte er sich um und pinkelte voller Abscheu an den ersten Stapel. Danach wandte er sich zu den anderen um, und ein tiefes, entsetztes oder warnendes Knurren kam aus seiner Kehle.

Der Laut war ihnen neu.

Es war ein neues Knurren. Oder hatten sie es schon einmal gehört? War es nicht das gleiche Knurren, das sie schon einmal aus seiner Kehle hatten aufsteigen hören, damals, als sie ein verlassenes Zelt entdeckt hatten? Unten am See?

»Was ist das?«, fragte Mina.

»Ich glaube«, sagte Großvater, »dass dies das größte Lager von Heroin und Amphetamin ist, das man je in einem nordeuropäischen Land gefunden hat, und es liegt an der Grenze zu Norwegen, und das könnte erklären, warum sie in den Zeitungen Oslo als die Heroinhauptstadt Europas bezeichnen. Hier befindet sich das Lager.«

»Aber warum hier?«, fragte Mina.

»Eigentlich genau auf der Grenze, perfekt und unerreichbar, und sie kamen auf die Idee, es unerreichbar hier in der dritten Höhle zu lagern, weil niemand geglaubt hat, dass es die Höhle gibt, und alle dachten, dass sie nur in einem Kinderbuch vorkommt, aber dann haben ein paar russische Drogengangster dieses Kinderbuch auf Litauisch gelesen …«

»Perfekt, wenn man einen Hubschrauber hat«, sagte Mina widerwillig und begann zu begreifen, obwohl ihr das Ganze nur schwer in den Kopf wollte. »Ist das der Hubschrauber, der …?«

»Ich möchte jetzt rauchen«, sagte Großvater, als hätte er vollkommen die Kontrolle verloren, müsste aber auf jeden Fall etwas sagen.

»Aber das Zelt unten am See?«, fragte Gabriel. »War das nicht eine ebenso gute … Zentrale?«

»Das war zu gefährlich. Die Höhle ist perfekt. Es ist *mein* Fehler. Ich hätte keine Karte für die litauische Ausgabe des Buchs zeichnen sollen. Jetzt gibt es hier ein Riesenlager. Rauschgift für ganz Norwegen. Ein Lager in der Höhle, und sie kommen das Zeug abholen, wenn sie etwas brauchen. Ich hätte diese Karte nicht zeichnen dürfen. Aber sie waren schlau.«

»Wieso?«, sagte Marcus.

»Ich habe geschrieben, dass das Buch dokumentarisch sei. Das war es auch. Die Höhle gibt es ja. Ich hatte nur einen falschen Weg zu ihr eingezeichnet. Um alle Touristen aus Deutschland in die Irre zu führen, die dort hinwollten, um die Geschichte zu überprüfen. Aber diesen Bluff hat das Syndikat durchschaut. Das habe ich gleich gesehen. Ihre Karte war perfekt. Der gepunktete Pfad, den sie eingezeichnet hatten, war der Aufstieg über die Nordwand, schnell und praktisch. Und dann haben sie auch noch entdeckt, dass es hier oben einen perfekten Hubschrauberlandeplatz gibt. Ich hätte nie …«

»Was ist ein Syndikat?«, wollte Gabriel wissen.

Plötzlich stürzte Pelle zur Höhlenöffnung, hielt dort inne und suchte spähend den Horizont ab.

Ein fantastischer Abendsonnenschein lag über dem Tal, in dem der See Vällen jetzt fast schwarz war. Jenseits des Wasserspiegels lagen die norwegischen Berge. Keine Wolke am Himmel. Es war ein warmer Abend, und man konnte die Vögel singen hören, es war so schön, dass einem fast das Herz stillstehen konnte; aber das war nicht das Wichtige für Pelle und Mina, die jetzt beide nach draußen wollten und sich am Eingang der dritten Höhle gegenseitig behinderten. Es war ein anderes Geräusch als das Singen der Vögel.

Ein Geräusch, das sie kannten. Das sie mit Entsetzen erfüllte, obwohl sie es zuerst nur schwach gehört hatten, beinahe wie ein undeutliches Donnergrollen; aber jetzt wurde es rasch stärker und schwoll zu einem furchterregenden Dröhnen an. Und plötzlich sahen sie, woher das brüllende, donnergleiche Dröhnen kam.

Es war der schwarze Hubschrauber, der mit einem steilen Aufschwung vor dem Höhleneingang auftauchte, dann nach Nordwesten stieg, hinter der Spitze des Dreihöhlenbergs wieder abtauchte, vibrierend in der Luft stehen blieb und schließlich mit einem gewaltigen Dröhnen schwer auf dem Felsplateau südwestlich vom Höhleneingang aufsetzte, wie eine riesige schwarze Kröte.

Ein abschließendes Aufbrüllen der Motoren. Dann Stille.

Die Kröte des Todes war gelandet.

2. Im Inneren der Höhle: drei Kinder, ein Hund und dann Großvater.

Sie blickten alle auf Großvater, und er fühlte, dass er jetzt schnell denken musste. Aber wie schnell er auch dachte, er würde auf keinen Fall so schnell sein – und nicht so tödlich bewaffnet – wie die Männer in der schwarzen Kröte des Todes, die gerade gelandet waren und ihnen gleich in der Höhle begegnen würden.

»Sag was, Großvater«, sagte Mina. »Aber nicht, dass du rauchen willst.«

»Ich möchte rauchen«, sagte Großvater. »Sagt nichts. Tut nichts. Wir sitzen in der Klemme, und wenn wir zu fliehen versuchen …«

»Sie haben bestimmt Kalaschnikows«, sagte Marcus. »Russische Maschinenpistolen. Echt gut. Das hab ich gelesen. Sie können eine Armee in dreißig Sekunden niedermähen. Sie könnten aus der Höhle das reinste Schlachthaus …«

Gabriels Unterlippe begann zu zittern, und Mina, die es sah, wurde fast wahnsinnig und drehte fast durch, obwohl sie genauso viel Angst hatte: »Hör auf, Marcus! Hör auf! Siehst du nicht, dass er Angst hat?«

»Nee, ich hab keine Angst«, sagte Gabriel, und man sah, dass er sich ermannte. »Erzähl mal, wieso Schlachthaus …«

»Hört auf!«, sagte Mina noch einmal, und da wurde es endlich ganz still in der dritten Höhle. Ganz, ganz still.

Und dann, durch das Schweigen hindurch, hörte man Schritte, die sich näherten. Es waren mehrere Männer. Und ihre Schritte waren schwer.

Der erste Mann, der die Höhle betrat, trug einen schwarzen Overall aus beinahe metallischem Kunststoff und mit einer Art Kapuze; man konnte nur Teile des Gesichts sehen, das bleich, fast weiß war. Den Kindern kam es plötzlich wie ein Totenkopf vor, doch dann sahen sie, dass es ein gewöhnliches Gesicht war, beinahe menschlich, dachte Marcus, wie ein beliebiger Mensch, wenn man nur nicht so schreckliche Angst bekommen hätte beim Anblick dieses fast ganz weißen Totenkopfs, an dem sich nur der Mund bewegte.

Die Augen schwarz. Dann erschienen noch drei Männer im Höhleneingang. Einen von ihnen erkannten sie sofort. Es war der in dem Trainingsanzug, auf dem in großen, deutlichen Buchstaben stand, dass er in Brekkeseter gewesen war, was ein Berghotel in Rondane sein musste.

Sein Russisch war perfekt, wie sie bald merken sollten.

Sie stellten sich in einer Linie auf, der erste Mann, dessen Gesicht einem Totenkopf glich, stand ein paar Augenblicke ganz still und fixierte die Kinder. Er hatte eine Pistole in der Hand und eine Kalaschnikow auf dem Rücken; jetzt hob er langsam die Pistole, senkte sie dann und steckte sie in den Holster. Keiner der anderen rührte sich.

»Willkommen in Helgeboda«, sagte Großvater.

Sie sahen sofort, dass das nicht die passenden Worte waren. Völlig daneben. Die vier Männer lächelten nicht. Verzogen keine Miene.

»Schto eto, tschort wosmi«, sagte der Mann mit dem Totenkopfgesicht und ging zu den in Plastikfolie verpackten weißen Päckchen. Er blieb eine Sekunde bei dem äußersten Stapel

stehen und guckte verdutzt die untere Ecke an, die ein bisschen gelb geworden war. Er beugte sich vor und roch.

Es war das Päckchen, gegen das Pelle, als sie in die Höhle gekommen waren, gepisst hatte, um sein Revier zu markieren. Der Mann schien verwirrt.

»*Sobaka-ischtscheika. On pometil*«, sagte er leise und blickte sich um. Dann blieb sein Blick an Pelle hängen, der schuldbewusst den Schwanz und den Kopf einzog; er wurde von Gunilla immer ausgeschimpft, wenn er im Haus die Ecken anpinkelte, um sein Revier zu markieren und Grenzen zu ziehen, falls ein feindlicher Hund kam. Gunilla fand das nämlich nicht spaßig. Und Pelle ahnte, dass auch dieser Fremde nicht begeistert war, vielleicht sogar wütend, das war nicht leicht zu erkennen.

»*Sastreli etu swolotsch!*«, brüllte er plötzlich und riss seine Kalaschnikow von der Schulter.

Es war klar, was er vorhatte, und Marcus bekam auf einmal furchtbare Angst: *Er will Pelle erschießen, er will wirklich Pelle erschießen!* Und plötzlich, gerade als der Totenkopfmann seine Kalaschnikow heruntergerissen hatte und eine Art Schwenkbewegung damit machte und mit seinem eiskalten schwarzen Blick schaute, wo Pelle sich gerade befand, genau da brüllte Marcus:

»Pelle, hau ab! Schnell, hau ab, Pelle, hau ab!!!«

Pelle wog einundzwanzig Kilo.

Das war vielleicht nicht viel. Aber es waren nur Muskeln. Pelle war ein kleines Muskelpaket, ein 21-Kilo-Turbo, eine grauweiße Kanonenkugel. Viele Male, wenn draußen tiefer

Schnee lag, hatten sie ihn bewundert, wie er sich springend durch den Schnee fortbewegte, tief unter der Schneedecke und hoch darüber wie ein spielender Delphin, aber so schnell wie jetzt hatten sie ihn noch nie gesehen. Einer der Männer stand im Eingang der Höhle und verdeckte ihn, er stand breitbeinig da, und es gab nicht viel Platz, aber Pelle nahm einen Anlauf und schoss wie eine grauweiße Kanonenkugel mit riesiger Kraft genau auf den Mann zu, der den Eingang verdeckte. Und Pelle traf mit dem Kopf voraus den Mann genau zwischen den Beinen, dort, wo es am wehesten tat. Der Mann sackte brüllend zusammen, weil es Pelle gelungen war, ihm mit seiner ganzen Kraft und Wucht seinen steinharten, schnauzbartverzierten Kopf genau in die Eier zu rammen. Der Mann sackte brüllend zusammen, weil es weh, weh, wehtat, und so entstand eine Lücke, durch die Pelle nach draußen verschwand. Weg war er.

»Au weia!«, sagte Gabriel mitleidig. »Das hat wehgetan.«

Im gleichen Augenblick hörten sie ein Geräusch, ein Geräusch, das sie kannten, aber zunächst nicht fassen konnten, weil sie es hier nicht erwarteten. Klapp, klapp, klapp. Zuerst vorsichtig, beinahe schüchtern, dann immer stärker.

Es war Marcus. Er zog die Nummer mit dem Einhandklatschen ab.

Der Totenkopf mit der Kalaschnikow stand einen Moment wie gelähmt, starrte Marcus vielleicht zehn Sekunden lang an, aber das reichte. Dann stürzte er aus der Höhle und blickte nach allen Seiten. Schließlich feuerte er eine Salve nach Westen, denn er nahm an, dass Pelle in die Richtung verschwunden war.

Zehn Sekunden Einhandklatschen hatten gereicht.

Der Mann, den Pelle umgerannt hatte, lag jetzt auf dem Boden, jammerte immer noch und hielt die Hände zwischen die Beine, genau da, wo Pelle ihn getroffen hatte. Mühsam richtete er sich auf, saß auf dem Boden, wiegte sich stöhnend vor und zurück und betrachtete mit wütenden Augen die Kinder und den grauhaarigen Mann, deren Hund die Flucht gelungen war.

»*Dawai, wstawai!*«, fauchte der Totenkopfmann den Kumpel ungeduldig an; er schien nicht besonders viel Mitleid zu haben.

Und da, genau da klingelte Großvaters Handy.

Wieder einmal ertönte der Klingelton, den sie schon so oft gehört hatten. Obwohl sie doch im Funkloch waren.

Es war die nicht mehr so witzige Mitteilung, die Moa mit greller Stimme aus dem Handy trompetete: »P.O., P.O., beeil dich! Beeil dich! Lieg nicht auf der faulen Haut, hak den BH zu, Großvater, und komm ans Telefon! P.O., P.O., beeil dich …«, und die drei furchteinflößenden Gangster, die auf ihren Beinen standen, starrten verwundert und missbilligend Großvater an, während der von Pelle umgestoßene Gangster jetzt aufhörte, sich am Boden zu winden, und mit hasserfülltem Blick langsam wieder auf die Beine kam. Der Anführer der Bande, der Totenkopfmann, kapierte als Erster.

Er streckte Großvater die Hand hin.

»*Dawai sjuda mobilnik!*«, sagte er eiskalt.

Großvater wirkte jetzt ziemlich blass, und man sah, dass seine Hand zitterte, als er in der Hosentasche nach dem Handy grub. »P. O., P. O., beeil dich! Beeil dich!«, trompetete Moas Stimme unbeirrt durch die Höhle. Es war wie damals im Theater bei der peinlichen Situation, die Großvater nie vergessen würde. Schließlich bekam er das Handy zu fassen und klappte es auf, »Lieg nicht auf der faulen Haut, hak den BH zu ...«, und endlich, als der Deckel aufging, brachte er Moas Stimme zum Schweigen und reichte der furchterregenden Gestalt, die für alle Kinder nur *der Totenkopfmann, der Pelle erschießen wollte* war, das Handy.

»Nokia«, sagte Großvater schmeichlerisch.

Der Totenkopfmann hielt einen Augenblick das Handy in der Hand, sah die Kinder und den grauhaarigen Mann an und guckte dann auf die weißen, in Plastikfolie eingeschweißten Päckchen an der Nordwestwand der dritten Höhle.

»*Nado ubrat wsju sworu sopljakow*«, murmelte er nachdenklich. Danach folgte eine ganze Litanei von Worten in einer Sprache, die vielleicht immer noch Russisch war, die sie aber auf jeden Fall nicht verstanden. Plötzlich ließ er das Handy auf den Boden fallen, machte einen Schritt nach vorn, setzte den Absatz darauf und trat zu. Ein scharfes Bersten war in der Stille der Höhle zu hören, und von Großvaters Handy waren nur noch Glassplitter und Metallteile übrig.

»*Nokia*«, sagte der Totenkopfmann.

Im selben Augenblick rang Gunilla im Basislager eins nach Atem und keuchte laut. Sie starrte auf das Handy in ihrer Hand. Die Verbindung war abgebrochen. Sie hatte nur wenige kurze Sekunden bestanden, von dem Moment, in dem Großvaters altes Nokia aufgeklappt worden war, bis zu dem Moment, als alles abbrach.

Warum Gunilla keuchte, hätte vielleicht keiner dort oben in der Höhle verstanden. Aber Gunilla hatte in den Siebzigerjahren, als linke Studentin, einen Volkshochschulkurs in Russisch gemacht, und sie hatte nicht alles vergessen. Und das, was sie gehört und verstanden hatte, war furchtbar, und die Kinder um sie her, Klein Tyra und Klein Sonja und Klein Malva, sahen an ihrem Gesicht, dass etwas passiert war, das ihr keine andere Wahl ließ, als das Kommando über eine Hilfsexpedition zum Dreihöhlenberg zu übernehmen.

Zwei Stunden später traf Pelle in Söderås ein.

Er war völlig erschöpft, er wollte Wasser haben, und sein Fell war zerzaust und durchnässt, er schien durch Schluchten gelaufen und Bächen gefolgt zu sein und blutete am linken Ohr. Zuerst glaubte Gunilla, er habe sich an einem scharfen Ast verletzt, doch plötzlich wurde ihr klar, dass sein Ohr von etwas Metallischem aufgerissen worden war, vielleicht einem Gegenstand, der in der Natur nichts zu suchen hatte, nicht im Geringsten, ja, der vielleicht sogar eine Kugel war, die ihr Ziel, nämlich Pelles schönen Kopf, nicht getroffen, sondern nur das Ohr gestreift und aufgerissen hatte, und die aus einer Kalaschnikow stammte, die dort oben auf dem Dreihöhlenberg auf ihn abgefeuert worden war.

Da wusste Gunilla Bescheid.

Der Bär greift ein

1. Die Gangster trieben die drei Kinder und den weißhaarigen alten Mann im hintersten Teil der Höhle zusammen, in dem schmalen Teil, wo der Bär sein Lager gehabt hatte. Dort lagen Gras und Zweige auf dem Boden, und es stank. Das Lager, das der Bär sich bereitet hatte, war sicher während des langen Winters weich und angenehm gewesen, aber jetzt war der ätzende Geruch beinahe unerträglich.

Die Kinder wurden nicht gefesselt. Großvater dagegen wurden die Hände auf den Rücken gebunden, und seine Handgelenke wurden mit schwarzem Klebeband umwickelt. Gabriel hatte jetzt große Angst und weinte still. Mina nahm ihn auf den Schoß und streichelte ihm den Kopf, bis sein Schluchzen aufhörte. Marcus saß mit dem Rücken gegen die Felswand und starrte unverwandt auf die vier Gefangenenwärter, die am Höhleneingang dicht zusammensaßen; sie schienen in einer

Sprache, die vielleicht Russisch war, eine heftige Diskussion zu führen. Einmal ging einer der Männer von der Gruppe fort, es war der mit dem Trainingsanzug aus Brekkeseter; er ging zu einer Apparatur an der Südwand, die wie ein elektronischer Sender aussah, und es schien so, als gäbe er ein Signal durch.

Einige Sekunden später kam eine Antwort.

Es war alles ausgesprochen unangenehm.

Die Sonne stand tief und schien warm, sie stand so niedrig, dass auch die Kinder im hintersten Teil der Höhle sie sehen konnten. Die vier Männer schienen sich jetzt über etwas zu streiten. Immer wieder drehten sie sich zu den vier Gefangenen im hintersten Teil der Höhle um und zeigten auf sie und wurden laut und lauter. Dann brüllte einer von ihnen die Kinder an, offensichtlich wütend, und es musste etwas mit Großvater und seiner Expedition zu tun haben, sie konnten nur leider kein Wort verstehen. Die drei anderen Gangster starrten nur noch auf den Höhlenboden.

Es war sehr unangenehm. Und es lag etwas in der Luft, etwas, was noch unangenehmer war. Bald würde sich etwas entscheiden.

»Großvater«, sagte Mina. »Ich habe solche Angst, aber ich trau mich nicht zu weinen, denn dann bekommt Gabriel solche Angst. Was soll ich tun, Großvater?«

»Halte durch«, sagte Großvater. »Du bist tapfer, halte durch. Tu es für Gabriel.«

»Und für Marcus«, sagte Marcus.

Großvater nickte heftig; es sah aus, als sei er drauf und dran, den Kopf zu verlieren, so heftig nickte er.

»Wir halten füreinander durch«, sagte er. »Haltet durch. Es ist wie …«

»Wie wenn man aufhört zu rauchen?«, fragte Gabriel.

»Schlimmer«, sagte Großvater. »Viel schlimmer. Ich weiß nicht richtig, in was ich euch hier hineingezogen habe, ich bin ein bisschen … nervös.«

»Ganz ruhig, Großvater«, sagte Mina und streichelte ihm den Kopf. »Das wird schon.«

»Mach dir keine Sorgen«, sagte Marcus.

»Du kannst doch nichts dafür«, sagte Gabriel.

»Danke«, sagte Großvater, und seine Stimme klang belegt, er schien sich erkältet zu haben. »Lieb von euch.«

Und dann, auf einmal, schien es so, als seien die vier zu einem Entschluss gekommen. Der Mann mit dem Totenkopf trat vor die Höhle, spähte nach allen Seiten, kam zurück, klatschte in die Hände, als gäbe er einen stillen Befehl, und die anderen reagierten: Sie gingen zu den Päckchen und Kisten, die, wie die Kinder und Großvater jetzt wussten, Rauschgift, Alkohol und Zigaretten enthielten, und begannen umzupacken.

»Was tun sie?«, sagte Gabriel verzweifelt.

»Ich glaube, sie wollen den ganzen Mist in den Hubschrauber laden«, sagte Mina. »Fragt sich nur, was sie mit *uns* vorhaben.«

Das genau war der Punkt.

Und genau da, es war gegen elf Uhr am Abend des 27. Juni 2006, hörte man von draußen ein scharfes und schneidendes Geräusch. Alle erstarrten, die vier Gangster hörten auf, die weißen Päckchen umzupacken, und rannten aus der Höhle. Jemand schrie auf, wie aus Protest gegen etwas. Keiner dachte mehr an die weißen Päckchen.

Offenbar war etwas im Gange.

Und es tat sich wirklich etwas auf dem flachen Felsplateau, das fünfzig Meter südwestlich vom Eingang zur dritten Höhle lag und als Landeplatz für den Hubschrauber diente.

Der Hubschrauber, die schwarze Kröte des Todes, wurde angegriffen.

2. Dieses sonderbare, knirschende Geräusch. Wie von Kohlenstofffasern, die langsam und mit quälender Unerbittlichkeit auseinandergerissen wurden.

Die vier russischen Männer hatten angefangen zu schreien, wütend und aufgeregt oder verzweifelt, sie schrien auf Russisch, etwas war passiert, die Verwirrung war so groß, dass auch die Kinder mitgerissen wurden. Aber niemand achtete mehr auf sie. Marcus war der Erste von ihnen, der die Höhle verließ und es sah, dann sahen es auch die anderen, auch die vier finsteren russischen Männer, die in dem Hubschrauber gekommen waren, der den Kindern als die schwarze Kröte des Todes erschienen war – plötzlich sahen sie alle, was vor sich ging.

Der schwarze Hubschrauber stand fünfzig Meter vom Höhleneingang entfernt. Er hatte schon einige Stunden dort gestanden. Aber jetzt war er nicht mehr allein.

»Großvater«, schrie Marcus. »Komm her und guck mal!«

Es war der Bär.

Er war braunschwarz und hatte eine weiße Zeichnung auf der Brust, er bewegte sich mit einer Ruhe, die überwältigend war, er musste fast zweieinhalb Meter groß und achthundert Kilo schwer sein, so schien es, und er hatte den Hubschrauber bestiegen, als wäre die schwarze Kröte ein Berg. Und der Bär hatte den Hubschrauber der vier Männer in einer ganz bestimmten Absicht bestiegen, aber nicht in der Absicht, damit zu fliegen.

Im Gegenteil. Er wollte ihn besiegen.

Der Hubschrauber war schwarz, und der Bär war braunschwarz mit einem großen weißen Fleck auf der Brust, aber es sah so aus, als gehörten die beiden irgendwie zusammen, weil der Bär sich so ruhig bewegte. Er war auf das Dach des Hubschraubers gestiegen und weiter auf den Rotor. Es war ein Kamov Ka-60 mit vier Rotorblättern. Der Bär hatte sich an eins dieser Rotorblätter gehängt und schaukelte mit Wucht vor und zurück. Das scharfe knirschende Geräusch kam von dem Rotorblatt, an dem der Bär hing, es hatte sich schon unter herzzerreißendem Jammern verbogen, hatte sich aber nicht gelöst und war auch nicht abgebrochen. Die Bewegungen des Bären waren wuchtig, aber zugleich sehr zielbewusst.

Plötzlich begriffen alle, was los war: Der Bär wollte das Rotorblatt abreißen.

Ein Wutgebrüll kam von einem der vier Russen; es war der mit dem kreideweißen Totenkopfgesicht, den sie für den Anführer der Gangster hielten. Aber keiner von ihnen rührte sich, keiner wagte sich heran, alle begriffen, was los war, aber keiner traute seinen Augen. Die ganze Zeit baumelte der riesige schwarze Bär ungerührt an dem immer tiefer nach unten gebogenen Rotorblatt, ruckend und schaukelnd versuchte er, das schwarz glänzende Blatt loszubrechen. Langsame Schaukelbewegungen. Ein riesiger Bär von vielleicht einer Tonne war dabei, die Rotorblätter des schwarzen Hubschraubers abzubrechen, als wäre der Hubschrauber eine Fliege und der Bär ein neugieriges kleines Kind, das mit den Flügeln der Fliege spielte. Und da, genau in dem Moment, brach das Rotorblatt.

Es sah beinahe komisch aus. Der Bär hielt das Rotorblatt zwischen seinen Pranken, es barst vielleicht zwanzig Zentimeter vom Befestigungspunkt, und der Bär taumelte rücklings mit dem Rotorblatt zwischen den Pranken vom Hubschrauber herunter. Die schreienden Männer verstummten plötzlich. Der Bär rollte herum, setzte sich, stand auf und sah ruhig, beinahe entschuldigend zu den vier Männern hinüber und zu der kleinen Gruppe von drei Kindern und einem weißhaarigen alten Mann, die alle mit anscheinend unsäglicher Verblüffung die Szene verfolgt hatten.

Ein riesiger schwarzer Bär hatte in nur wenigen Minuten einen schwarz glänzenden Hubschrauber, der Millionen gekostet hatte, vollständig unbrauchbar gemacht.

Der Hubschrauber stand in idiotisch schiefer Haltung und ohne eins seiner Rotorblätter da. Davor stand ein Bär, der nicht einmal stolz zu sein schien auf das, was er angerichtet hatte. Der auch nicht aussah, als wollte er sich entschuldigen, sondern der nur dastand, ein bisschen platt und verblüfft und glücklich darüber, dass er es geschafft hatte, die schwarze Kröte des Todes zu zerstören.

Der Mann mit dem Totenkopfgesicht schien als Erster die Konsequenzen einzusehen: Der Hubschrauber war kaputt! Er brüllte auf wie ein verwundetes Tier, drehte sich um und schrie etwas. Vielleicht war es ein Befehl, dieses wilde Tier, das ihre schöne, tödliche schwarze Hubschrauberkröte vollständig manövrierunfähig gemacht hatte, mit einer gezielten Salve aus einer Kalaschnikow zu bestrafen und zu vernichten. Ja, man hörte ein mehrfach wiederkehrendes Wort in einem Strom gutturaler Flüche, der sich aus seinem Mund ergoss: »*Gde moi kalaschnikow, tschort wosmil!*« Die vier Männer blickten um sich, wütend und verwirrt.

Sie hatten ja anscheinend nur eine Kalaschnikow, die jetzt den feindlichen und in jeder Weise widerwärtigen Bären vernichten sollte, der sie so verhöhnt hatte – aber wo war sie? Kurz herrschte Verwirrung, dann sahen die Kinder, dass der Anführer der Männer sie offenbar entdeckt hatte. Sie lag auf dem Boden dicht beim Höhleneingang; er lief hin und bückte sich.

Doch plötzlich geschah etwas Eigentümliches.

Er schien zurückzuprallen, setzte sich rücklings auf den Boden, und ein Augenblick totaler Stille entstand. Da sahen sie, was ihn erschreckt hatte: eine schwarze Schlange.

Der Mann hatte die Hand ausgestreckt, um die Waffe zu greifen, aber da war die schwarze Schlange aufgetaucht, die unter der Waffe gelegen hatte. Sie zischte wild mit offenem Maul und glitt langsam auf den am Boden sitzenden Mann zu.

Und plötzlich wussten sie Bescheid.

»*Das ist meine Schlange!*«, hörten sie Gabriel schreien. Er schrie wie ein Vogel, mit dünner, trotziger Stimme: »*Das ist meine Schlange! Das ist Pethrus!*« Und sie sahen alle, wie Gabriel hinlief, an der schwarzen Schlange vorbei, wie er sich die Kalaschnikow schnappte, unter der die Schlange sich versteckt hatte, und lief.

Der Totenkopfmann erhob sich vom Boden.

Er behielt die Ringelnatter im Auge, die jedoch plötzlich kehrtmachte und sich weich und blitzschnell in Richtung der südwestlichen Wand schlängelte, zur Kante des Felsplateaus.

Dort verschwand sie im Geröll.

Es gab erneut einige Sekunden absoluter Stille. Dann hörte man plötzlich eine zarte Stimme von einer Stelle ungefähr zehn Meter vom Eingang der dritten Höhle entfernt. Von einem Kind, das dort auf dem schmalen Felsenpfad stand, der in südwestlicher Richtung von der dritten zur zweiten Höhle führte. Da stand Gabriel.

»**Hände hoch!**«, schrie er mit dünner, zitternder Stimme.

Und auf einmal wurde ihnen allen klar, dass Gabriel, sieben Jahre, im Besitz der Waffe war.

3. Hinterher konnte keiner richtig beschreiben oder auch nur erklären, in welcher Reihenfolge und warum alles geschah; aber es war wohl Marcus, der die Initiative ergriff.

Er lief wie ein Verrückter auf Gabriel zu, und nach einigen Sekunden Zögern folgte ihm Großvater, aber komisch vorgebeugt, beinahe krampfhaft hin und her schaukelnd. Als Letzte

Mina. Gabriel richtete die Maschinenpistole jetzt in die Luft, schien einen Moment zu zögern und drückte dann ab.

Ein Schuss. Gabriel ging in die Knie, behielt aber den Kolben in der Hand.

»**Rein da! Rein in die Höhle!**«, schrie der Großvater, dem die Hände noch auf den Rücken gebunden waren. Seine Füße waren trotz allem nicht gefesselt, sondern frei, aber er stolperte auf sonderbare Weise, humpelte mit vorgebeugtem Kopf und beinahe gekrümmt, als glaubte er, sich ducken zu müssen, falls Gabriel irrtümlich eine tödliche Salve auf sie abfeuern sollte. Die anderen liefen wie die Verrückten zur zweiten Höhle. Großvater schien sich jetzt an seinen Militärdienst zu erinnern und brüllte: »Deckungsfeuer einstellen! Nicht mehr schießen!«

Aber irgendetwas stimmte nicht mit Großvater. Er war weiß im Gesicht. Er konnte nur schwer laufen. Kaum gehen. Sein ganzes Gesicht war schmerzverzerrt.

Mina sah es und wusste sofort Bescheid. Es war das Herz.

Sie packte seinen Arm; aber seine Hände waren ja auf den Rücken gebunden, das hatte sie beinahe vergessen. Er fiel schwer über sie zur Seite, seine Beine schienen ihn nicht mehr tragen zu können. Er stöhnte röchelnd. Mina zerrte ihn verzweifelt hinter sich her, wie einen Sack Kartoffeln.

»Rein!«, schrie sie. »In die Höhle!«

Die letzten zehn Meter versagten seine Beine komplett den Dienst. So schleifte Mina einen halb bewusstlosen Großvater in die zweite Höhle, während Gabriel und Marcus, die jetzt beide im Höhleneingang standen, verwirrt zusahen.

»Das ist ein Ernstfall!«, rief Mina Marcus zu. »Ein Ernstfall!!!«

Da wusste er Bescheid. Sie hatten sich ja darauf geeinigt. Im Ernstfall hatte Mina das Kommando.

Hinein in die zweite Höhle. In Sicherheit.

Gabriel trug immer noch die viel zu schwere russische Maschinenpistole.

Vor der dritten Höhle war die Verwirrung der ersten Minute inzwischen in verbissene Wut übergegangen. Der Anführer der vier Gangster begann, dem absurden kleinen Jungen nachzulaufen, der sich die Kalaschnikow gegrapscht hatte und der jetzt mit der Waffe im Arm vor der zweiten Höhle stand. Der Mann lief auf die zweite Höhle zu, auf dem schmalen Felsenpfad, und hielt eine Pistole in der Hand.

Da drückte Gabriel ab.

Es kam eine heftige kurze Feuergarbe aus der Kalaschnikow, die er kaum tragen konnte.

Die Schüsse gingen schräg nach oben in die Luft, und der Rückstoß warf Gabriel nach hinten, sodass er sich mit einem Plumps auf den Hintern setzte. Es tat weh, aber er ermannte sich und rief, jetzt mit ziemlich kräftiger Stimme: »**Ergebt euch!**«

Der Mann mit dem Totenkopfgesicht war vor den anderen gelaufen. Er schreckte zurück, als das Krachen der Salve ihm entgegenschlug, rutschte ab und war drauf und dran, über die Felskante abzustürzen. Er klammerte sich fest und zog sich mühsam wieder nach oben.

Wörter kamen aus seinem Mund. Wahrscheinlich Russisch.

Gabriel feuerte noch eine Salve ab, auch diesmal schräg nach oben. Dann fühlte er, wie Marcus ihm die Waffe aus der Hand nahm und ihn nach hinten und in die Höhle zog, und plötzlich waren sie alle in der Höhle. Gabriel rieb sich den schmerzenden Hintern. Sie horchten intensiv, aber es war nichts zu hören. Da steckte Marcus den Kopf hinaus und spähte nach Nordwesten, die Felswand entlang.

»Er ist verduftet«, sagte er keuchend. »Du hast ihn verscheucht.«

Die Sonne unterhalb des Horizonts, aber noch ziemlich hell. Sehr still in der zweiten Höhle. Dann war es, als fiele Marcus gerade etwas noch Wichtigeres ein.

»Gabriel«, sagte er. »Weißt du, dass du meinem Bären das Leben gerettet hast? Wenn du dir nicht die Knarre hier geschnappt hättest, hätten sie meinen Bären erschossen!«

»Meinst du wirklich?«, sagte Gabriel. »War das dein Bär?«

»Großen Dank«, sagte Marcus. »Großen Dank.«

»Und die Schlange war meine«, sagte Gabriel.

Großvater lag in der Höhle und atmete schwer, aber sein Gesicht war nicht mehr schmerzverzerrt. Mina hatte ihm das Klebeband mit einem Stein von den Handgelenken gefeilt, und jetzt massierte sie die Gelenke, damit wieder Leben in seine Hände kam.

»Was war denn los?«, fragte er.

»Alles unter Kontrolle«, sagte sie. »Gabriel hat die Knarre und schießt dann und wann, und sie wirken eingeschüchtert.«

»Herrgott«, sagte Großvater. »Die Kinder können doch damit gar nicht umgehen …«

»Sie tun es«, sagte Mina. »Unter meinem Befehl. Es ist der Ernstfall.«

»Aber es ist unverantwortlich … von mir …«

»Der Ernstfall«, sagte Mina.

»Meinst du?«, sagte Großvater.

»Wie fühlst du dich?«, fragte Mina und betrachtete ihn sorgenvoll, wie er noch immer auf dem Boden der Höhle lag.

»Besser«, sagte Großvater. »Es war ein plötzlicher Schmerz im Herzen. Ich dachte schon, es wäre vorbei. Aber dass du es geschafft hast, mich hier hereinzuschleppen!«

»Naja«, sagte Mina. »Es war der Ernstfall, und Marcus und ich hatten uns geeinigt, dass im Ernstfall ich diejenige sein sollte, die das Kommando hat.«

»Ist es … Ist es wirklich der Ernstfall?«

»Es ist der Ernstfall«, sagte Mina ruhig.

Dann wurde es ganz still. Alle warteten. Im Höhleneingang Marcus und Gabriel; Marcus hatte die Waffe übernommen.

Bei der dritten Höhle war niemand zu sehen.

»Was haben die vor?«, fragte Gabriel.

Keine Antwort.

Eine halbe Stunde verstrich. Totenstille.

»Sie haben zwei Fluchtmöglichkeiten«, sagte Großvater. »Die erste ist durch die Luft, und die hat der Bär ihnen versperrt, und die zweite geht hier über diesen Felsenpfad. Und sie haben eine Pistole. Vielleicht mehrere.«

Es wurde still. Sie dachten alle nach über das, was er gesagt hatte, und welche Konsequenzen es haben würde. Es war nicht gerade spaßig.

»Es wird nie so richtig dunkel im Juni«, sagte Marcus. »Was machen wir?«

»Ich habe gehört«, sagte Gabriel, »dass man auf die Knie zielen soll. Ich kann hier mit der Knarre Wache halten, wenn ich darf.«

»Gabriel«, sagte Marcus. »Wie alt bist du?«

»Sieben«, sagte Gabriel.

»Du weißt«, sagte Marcus, »dass dies ein Ernstfall ist. Und dass Kalaschnikows für Kinder unter neun verboten sind. Und man schießt nicht auf Menschen, denn sie können davon sterben. Auch wenn sie Russen sind. Ziel nicht auf die Knie. Nie.«

»Wirklich?«, sagte Gabriel.

»Ja«, sagte Marcus: »Ich bin neun. Lass *mir* die Knarre.«

In diesem Moment kam Mina zu ihnen.

Sie war im Inneren der zweiten Höhle verschwunden, sie wollte sich umsehen, denn hier war sie ja vor drei Jahren schon einmal gewesen, damals, als die Wolfsmörder sich in der Dämmerung genähert hatten. Und als die Wolfsmutter im hintersten Teil der Höhle gelegen und mit den Pfoten ihr Wolfsjunges umklammert hatte und alle glaubten, dass die Wolfsmörder sie töten könnten. Jetzt hatte sie den Ort noch einmal sehen und die tote Wolfsmutter suchen wollen.

Die, deren Tod das jetzt erwachsene Wolfsjunge verkündet und für deren Begräbnis es um Hilfe gebeten hatte.

»Kommt mit«, sagte Mina. »Ich will euch was zeigen.«

Marcus blieb mit seiner Kalaschnikow im Höhleneingang stehen. Es war ganz ruhig und still drüben bei der dritten Höhle. Die russische Drogenmafia schien entweder gelähmt zu sein vor Verwirrung, oder sie plante eine schreckliche Rache. Mina ging als Erste hinein, duckte sich, als die Decke niedriger wurde, und kroch schließlich zu dem schmalen Reisiglager, auf dem die Wolfsmutter lag.

Sie war dünn und mager, und sie war tot, das sahen sie sofort. Sie lag auf der Seite, es sah aus, als schliefe sie. Sie sah ziemlich lieb und schön aus. Aber dann zeigte Mina auf etwas. Und sie sahen es, alle sahen es: eine Schusswunde an der linken Hüfte. Sie war angeschossen worden und hatte sich noch hereinschleppen können; und hier war sie gestorben.

Und sie wussten sofort, wer auf sie geschossen hatte.

»Das waren *sie*«, sagte Großvater. »Deshalb wollte das Wolfsjunge uns warnen und um Hilfe bitten. Sie haben sie getötet.«

Sie saßen eine Weile still vor der toten Wölfin und dachten darüber nach, was Großvater gesagt hatte, und darüber, wie es damals vor drei Jahren gewesen war und wie sie nun gestorben war. Dann kroch Gabriel hinaus zu Marcus, der am Höhleneingang saß und Wache hielt, und erzählte es ihm.

Eine Zeit lang wurde es wieder ganz still. Sie dachten beide an eine Menge Dinge, sagten aber nichts darüber.

»Haben sie also unsere Wolfsmutter erschossen!«, sagte Marcus schließlich.

»Aber sie konnte sich in die Höhle schleppen«, sagte Gabriel. »Und in Frieden sterben.«

Es war ein langer Tag gewesen, und beide mussten sich stark zusammenreißen, wenn sie darüber nachdachten, was der Wolfsmutter zugestoßen war, aber am Ende ging es.

»Dann ziele ich doch auf die Knie«, sagte Marcus.

Es war jetzt zwanzig Minuten nach zwei.

Bei der dritten Höhle tauchte plötzlich der in einen norwegischen Trainingsanzug aus Brekkeseter gekleidete Mann auf, sprang auf das Felsplateau und lief zum Hubschrauber.

Er verschwand in der Pilotenkabine, und nach ein paar Sekunden hörten sie, dass der Motor des Hubschraubers startete. Die übrig gebliebenen Rotorblätter bewegten sich langsam, dann immer schneller. Ein gewaltiges Schütteln warf die Maschine von einer Seite auf die andere, dann ein durchdringendes Quietschen, die Rotorblätter blieben wie mit einem Aufschrei stehen, danach abruptes Schweigen. Das abgebrochene Rotorblatt lag auf dem Boden wie ein Vogelflügel.

»Völlig unbegreiflich«, flüsterte Marcus.

Der Hubschrauber sank langsam auf die Seite, wie ein von einem Schuss getroffener Vogel.

Absolute Stille.

Jemand schrie. Dann wieder Stille. Der Mann im Trainingsanzug sprang aus der Kabine, lief geduckt in einem großen Bogen über das Felsplateau und verschwand in der Höhle.

»Was tun sie?«, fragte Gabriel. »Worauf warten sie? Was sollen wir machen?«

Die Dämmerung brach herein. Die Sonne war untergegangen.

»Hast du keine Angst, Marcus?«, flüsterte Gabriel. »Mina, hast du Angst? Was machen sie?«

Da hörten sie das Geräusch von Pfoten auf Felsen. Ein Tier, aber kein Bär, kein Wolf, auch keine Schlange. Der Bär, der Wolf und die Schlange wachten da draußen in der Sommernacht über sie. Es war Pelle, der zu ihnen zurückkam, der wie ein grauer Schatten lautlos heranschlich, und da wussten sie, dass das Ende seinen Anfang genommen hatte.

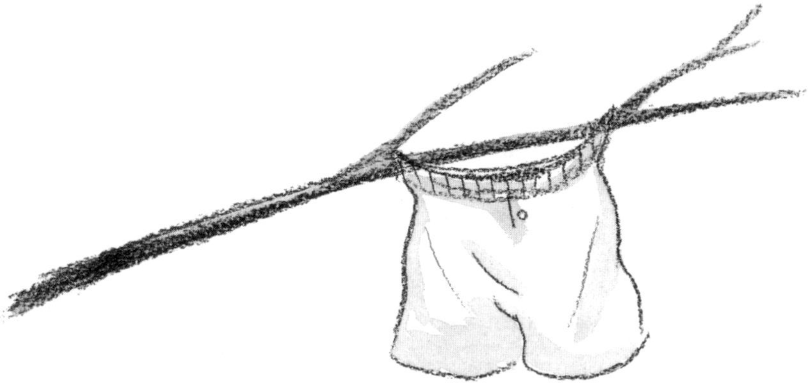

Der Apfelbaum auf dem Gipfel des Berges

1. Diese wunderbaren Sommernächte am See Vällen! Das Licht, das nie verschwand! Die dunkelrote Tönung der Wolkenstreifen im Westen über den norwegischen Bergen, der Wasserspiegel vollkommen blank! Die Sonne, die nur eine Stunde verschwunden und dennoch unterhalb des Horizonts vorhanden war und das Licht zu den Wolken hinaufwarf! So viele Abende waren sie bis Mitternacht aufgeblieben, und doch waren das Licht und die Stille über dem Vällen da gewesen!

Und dann hatten die Kinder immer zueinander gesagt: »*Diese wunderbaren Sommernächte am Vällen!*«

Es ist klar, dass sie jetzt auf das Tal und den See und die Berge im Hintergrund hätten blicken und sagen können: »*Wie schön es ist, was für eine wunderbare Nacht!*« Denn es *war* eine wunderbare Nacht. Aber sie waren alle sehr müde, und sie wussten, dass sie nicht einschlafen durften, denn dann wären sie verloren. Und dass die vier Gangster in der dritten Höhle sich jetzt bestimmt zu Ende beraten und eingesehen hatten, dass der Bär den Hubschrauber zerstört hatte und dass der einzige Fluchtweg an der zweiten Höhle vorüberführte.

Auf eine bestimmte Weise hatten die vier finsteren Männer dies alles schon sehr lange gewusst, seit dem Tag, an dem einer von ihnen zufällig ein schwedisches Kinderbuch in litauischer Übersetzung in die Hand bekam und darin eine Karte entdeckte, die den Weg zu einer unzugänglichen Höhle zeigte, in deren unmittelbarer Nähe jedoch auf einem fast ebenen Felsplateau ein Hubschrauber landen konnte. An der Grenze zwischen Norwegen und Schweden. Und nur einhundertzwanzig Kilometer entfernt von der Stadt, die in den Zeitungen als die Heroinhauptstadt Europas bezeichnet zu werden pflegte, also Oslo.

Aber in dieser Nacht, gerade als das Plänemachen in der dritten Höhle sicher beendet war und die Kinder erschöpfter waren denn je und fast eingeschlafen wären und der See Vällen so wunderschön dalag, wie er es immer tat nachts um zwei – gerade da kam Pelle zu ihnen zurück.

Es war unfassbar, dass er es geschafft hatte.

Eine der Kugeln aus der russischen Maschinengewehrsalve hatte sein Ohr durchbohrt; es hatte die erste halbe Stunde geblutet, aber die Schmerzen hatten ziemlich schnell aufgehört. Er wusste jedoch, dass Eile geboten war, der Kinder wegen. Er musste hinunter nach Söderås. Er stürzte sich den Berg hinunter, zuerst in langen Sprüngen, dann kam die Baumgrenze, und er konnte den Pfad verlassen und *seinem inneren Kompass folgen.*

Als Gunilla ihn in Söderås kommen sah, waren seit den Schüssen erst zwei Stunden vergangen.

Er hatte zweimal getrunken. Beim zweiten Mal hatte er sich über den Wasserspiegel eines kleinen Tümpels gebeugt, der sich an einem Bach gebildet hatte. Da hatte er seinen Kopf gesehen und wie zerzaust sein großer Schnauzbart war und dass das eine Ohr und der halbe Kopf ganz blutig waren.

Es war erschreckend, und da hatte er ein wenig Angst bekommen vor dem, was er sah, und beschlossen, kein Wasser mehr zu trinken, bevor er nicht in Söderås angekommen war.

Gunilla kam ihm entgegen und verstand. Hatte Pelle ihr etwas *zugestrahlt*? Sie sollte nie verraten, wie es sich damit verhielt.

Aber dann hatte sie angefangen zu telefonieren.

2. Diesmal hatte die Polizei nicht gezögert. Sie hatten verstanden.

Es war erstaunlich einfach gegangen, mit vier Polizeiautos kamen sie nach Söderås gedonnert, und der Polizeichef von Westvärmland, Holt, sagte zu Gunilla, sie solle wissen, dass man einen Polizisten aus Torsby, der Furtenback heiße und ursprünglich aus Grimsmark stamme, vom Dienst suspendiert habe, bis *eine interne Ermittlung bezüglich seiner eventuellen Kontakte* abgeschlossen sei. Gunilla hatte gefragt, was denn für *eventuelle Kontakte*? Der Polizeichef, der Holt hieß und ursprünglich aus Sunne stammte, hatte geantwortet, dass er sich beim gegenwärtigen Stand der Ermittlung nicht in der Lage sehe, dies weiter zu kommentieren, und Gunilla wiederum hatte gesagt, dass ihr dieser Furtenback, ursprünglich aus Grimsmark, von Anfang an irgendwie nicht ganz geheuer gewesen sei, denn Pelle habe so eigentümliche Signale gestrahlt und Marcus gewarnt.

Der Polizeichef hatte auch dies nicht kommentieren wollen, aber angeboten, sich in dieser Angelegenheit zu einem späteren Zeitpunkt zu äußern.

Aber auch die Polizei hatte in den letzten Tagen eine ganze Menge geahnt, ja gewusst. Was sie nicht wusste, war, dass auf dem Gipfel des Dreihöhlenbergs die vier Gangster, die drei Kinder und Großvater waren und dass sie sozusagen aneinandergekettet waren und sich gegenseitig gefangen hielten, die Gangster in der dritten Höhle, die Kinder und der Großvater in der zweiten. Die Polizisten wussten auch nicht, dass die schwarze Kröte des Todes, die die Gangster benutzt hatten, total im Eimer war, dass eine Kalaschnikow den Besitzer gewechselt hatte und dass die Tiere, Pelle, ein Bär, ein Wolf und eine Schlange, viel dazu beigetragen hatten, dass alles so gekommen war.

Wie hätte die Polizei das auch alles wissen können? Aber sie wusste, dass sie alle dort oben auf dem Gipfel waren, dicht unter den Wolken.

3. Sie beschlossen, die dritte Höhle mit einem großen Zangenmanöver einzukreisen, wobei der eine Flügel entlang der westlichen Wand angreifen sollte, und zwar über die Einstiegspunkte, die auch die Kinder auf dem üblichen Pfad zum Gipfel hinauf benutzt hatten; von der anderen Seite sollten die beiden Polizeihubschrauber kommen.

»Aber wie kommen wir hinauf? Wir kennen ja den Weg nicht«, hatte der Polizeichef Gunilla gefragt. Da hatte sie Pelle angeschaut, der mit dem Kopf zwischen den Pfoten und seinem verletzten Ohr und dem zerzausten Fell dalag, und ihn gefragt: »*Schaffst du das, Pelle?*« Da hatte Pelle sich einfach auf seine vier Beine gestellt.

Und damit war die Sache klar.

»Pelle ist von Berufs wegen Fährtensucher«, hatte Gunilla gesagt, und plötzlich traten ihr die Tränen in die Augen, und der Polizeichef Holt sah es, fragte aber lieber nicht nach.

Also machten sie sich auf den Weg. Pelle als Erster, danach Gunilla, dann sechs Polizisten. Cissi bekam das Kommando über die Kleinen, die im Basislager eins, Söderås, bleiben sollten. Die Hubschrauber waren in Kil stationiert und sollten den Befehl zum Start erhalten, wenn die westliche Angriffsformation unter Pelles Führung oben ankam.

Der Dreihöhlenberg würde befreit werden.

4. Es war Mina, die mit der Kalaschnikow der Kinder im Schoß Wache hielt, als Pelle lautlos in die zweite Höhle glitt, und sie wurde so froh, dass sie ein Freudengeheul anstimmte und für ein paar Sekunden vergaß, den Felsenpfad zur dritten Höhle im Auge zu behalten.

Und genau in diesem Moment unternahmen die vier russischen Drogenschmuggler einen Ausbruchsversuch und begannen, zur zweiten Höhle hinüberzuschleichen.

Nachdem Mina Pelle umarmt und gedrückt hatte, fiel ihr wieder ein, dass sie ja Wache stand, sie blickte hinaus und sah die vier Gestalten hundert Meter entfernt aus dem Höhleneingang kommen.

Sie bekam schreckliche Angst.

Sie vergaß, die anderen zu rufen, griff nur die Waffe, legte den Finger auf den Abzug und jagte eine fürchterlich donnernde Salve schräg hinaus in Richtung des Sees Vällen, der gerade jetzt wunderschön dalag *in der blauen Sommernacht*; da sah sie, wie die vier Gestalten Hals über Kopf zurück in die Höhle stürzten und verschwanden.

»Oh, Entschuldigung!«, sagte sie und ließ die Waffe fallen, so überrascht war sie von dem furchtbaren Krach. Pelle war ein paar Meter rückwärts gesprungen und starrte sie jetzt mit vorwurfsvollem Blick an.

Dann kam Großvater ihr zu Hilfe, obwohl die Lage ja nicht mehr so bedrohlich war. Er hatte sich eine kurze Weile an der Felswand hingelegt und über Pläne zu ihrer Rettung nachgedacht, und ohne zu wissen, wie es dazu kam, war er eingeschlafen. Dann wurde er von einer Salve aus Minas Kalaschnikow aus dem Schlaf gerissen und stand auf und schämte sich.

»Ich bin eingeschlafen«, sagte er beschämt.

»Wie geht es dir?«, sagte Mina. »Ist dein Herz okay?«

»Alles bestens.«

»Möchtest du wieder rauchen?«

»Ja, tatsächlich«, sagte Großvater.

»Na wer sagt's denn, dann ist ja alles wieder wie vorher«, sagte Mina erleichtert.

»Pelle hat etwas mitgebracht«, sagte Gabriel.

Das stimmte. Sie hatten Pelle vergessen, als Mina in die Sommernacht hinausgeballert hatte, aber jetzt begriffen sie. Pelle kratzte mit der Pfote Großvaters Bauch. Und da sahen sie endlich, dass er eine Rolle mit einer Nachricht um den Hals gebunden hatte.

Großvater öffnete die Rolle und zog einen Zettel heraus. Er las.

HILFE UNTERWEGS STOP ABWARTEN HUBSCHRAUBER STOP WIR DECKEN WESTWAND STOP G.

Sie blickten alle auf Pelle. Auf einmal wussten sie, was er getan hatte. Er war hinuntergegangen und hatte die westliche Angriffstruppe den Berghang hinaufgeführt; er hechelte noch immer heftig, und sein Schnauzbart war voller Erde und Schmutz und Wasser, und sie sahen an seinem Ohr, dass er verletzt war. Sie wussten es natürlich nicht wirklich, aber sie ahnten, dass er den Fährtensucher für eine Polizeitruppe abgegeben hatte, die sich zusammen mit Gunilla jetzt ganz in ihrer Nähe befand, und dass die Rettung vielleicht auch ganz nahe war.

»Pelle«, sagte Marcus. »Du bist unglaublich.«

Zwanzig Minuten später hörten sie die Polizeihubschrauber.

5. Es stand POLIZEI auf beiden, der eine gehörte Värmlands Rettungsdienst, der andere der Polizei in Karlstad. Sie landeten hinter der havarierten schwarzen Kröte, und man konnte schwer bewaffnete Polizisten herausspringen und sich im Gelände verteilen sehen.

Es vergingen vielleicht noch fünf Minuten völliger Stille, bis sie alle eine Lautsprecherstimme hören konnten, die von der westlichen Angriffstruppe kam, aus der Schlucht im Südwesten; es war eine Frauenstimme, die auf Russisch rief: »**Wy okruscheny, sdawaites!**«

Es klang nicht ganz gescheit.

»Das ist Großmutter«, sagte Gabriel und fing an zu weinen. »Warum hört sie sich so komisch an? Was sagt sie? Ich will zu Großmutter.«

»Ich weiß nicht«, sagte Großvater. »Aber ich glaube, das sind die Reste von Gunillas Volkshochschulkurs in Russisch in den Siebzigerjahren.«

»Und was heißt es?«, fragte Gabriel.

»Vielleicht ist es eine Aufforderung zu kapitulieren, weil die Übermacht zu groß ist, oder etwas in der Art. Oder: ›Befreit die russischen Frauen von sowjetischer Unterdrückung!‹ Oder auch: ›Bitte zeigen Sie mir den Weg zur nächsten Toilette!‹«

Großvater war nicht sicher, ob Gunilla sich noch an viel von dem erinnerte, was sie in den Siebzigerjahren gelernt hatte, oder ob sie noch viel verstand, aber gleichzeitig war er so nervös, dass er nicht anders konnte, als Witze zu machen, und dafür schämte er sich ein wenig.

»Jedenfalls habe ich jetzt Lust zu rauchen«, sagte er beschämt, und Marcus lachte, um ihm einen Gefallen zu tun, denn er sah, dass Großvater ein bisschen zitterig war.

Dann wurde es sehr still.

Fünf Minuten später lugte Gabriel vorsichtig um die Felsenkante und zog danach den Kopf wieder zurück.

»Ich glaube, sie waschen Wäsche«, sagte er. »Sie hängen Unterhosen auf.«

Mina guckte auch und berichtete:

»Es ist eine weiße Unterhose an einem Stock. Ich glaube, sie ergeben sich.«

Und so war es. Es war die Kapitulation. Alle Wege waren abgeschnitten, die Übermacht war zu groß. Es war die Kapitulation.

6. Die Polizisten von der westlichen Route trafen gerade bei den Kindern ein, als die Hubschraubertruppe die vier finsteren russischen Rauschgiftschmuggler gefangen nahm, drei schwarz Gekleidete und einer mit einem Trainingsanzug aus Brekkeseter.

Ihnen wurden Handschellen und Fußfesseln angelegt und die Augen verbunden, dann wurden sie nacheinander in die Hubschrauber gebracht, zwei Polizisten hielten sie fest, auf jeder Seite einer, und dann starteten die Hubschrauber mit einem gewaltigen Dröhnen, stiegen zum Morgenhimmel auf und flogen nach Osten in Richtung Karlstad davon.

Der Polizeichef von Westvärmland war in der dritten Höhle

gewesen und hatte geguckt, aber er hatte nur den Kopf geschüttelt, als traute er seinen Augen nicht, und gesagt, dass dies die größte Beschlagnahme von Drogen in der Geschichte der schwedischen Polizei sei, er frage sich nur, ob die Kinder eigentlich begriffen hätten, wie gefährlich die Sache hätte werden können.

Großvater hatte dazu kein Wort gesagt, aber Gunilla hatte geseufzt, und dann hatte der Polizeichef versprochen, sich noch einmal zu melden mit Einzelheiten über die besondere Untersuchung, die jetzt wegen eines gewissen Polizisten angestellt werden würde, der ursprünglich aus Grimsmark kam. Großvater sah nur ziemlich bekümmert aus, weil er daran dachte, *was alles hätte passieren können.* Aber das schien Gunilla begriffen zu haben, und sie nahm ihn lange in den Arm, woraufhin der eifersüchtige Pelle an ihnen hochsprang und beinahe ihre Gesichter leckte. Jetzt, erklärte Großvater, fühle er sich schon viel besser.

Ein Hubschrauber sollte zwei Stunden später zurückkommen und die Kinder und Großvater und Gunilla und Pelle abholen. Alle hatten sich in die Arme genommen, und alle weinten, und auf einmal konnten die Kinder spüren, wie furchtbar müde und erschöpft sie waren.

Doch es blieb noch etwas zu tun. Etwas ganz, ganz Wichtiges. Sie hatten es irgendwie die ganze Zeit gewusst, dass dies vielleicht das Wichtigste war.

Es ging um die Wolfsmutter.

Sie suchten und fanden sehr schnell die genau passende Stelle.

Es war exakt auf dem Gipfel des Dreihöhlenbergs, da gab es eine Felsenkuhle von ungefähr sechzig Zentimetern Tiefe, und genau daneben lagen reichlich mittelgroße Steine, die sich gut dafür eigneten, einen Steinhaufen aufzuschichten oder einen Grabhügel.

»Hier«, sagte Großvater, »bauen wir einen Apfelbaum für die Wolfsmutter. Hier soll sie ruhen.«

Sie gingen in die Höhle. Die Wolfsmutter war ja nicht so schwer, wog jetzt vielleicht dreißig Kilo, und Mina und Gabriel beschlossen, sie gemeinsam zu tragen. Sie gingen dicht nebeneinander, Seite an Seite, da war es nicht so schwer, und sie trugen sie aus der Höhle und auf die abgeflachte Spitze; dort legten sie die Wolfsmutter in die Felsenkuhle und standen eine Weile da und sahen sie an.

Sie schlief so schön, fanden sie, obwohl sie ja tot war, aber sie sah freundlich aus, und sie hatten sie so hingelegt, dass die Schusswunde nicht zu sehen sein sollte.

»Dann decken wir sie jetzt zu«, sagte Großvater.

In gemeinsamer Arbeit errichteten sie ein Steinmal über ihr. Als sie nach einer halben Stunde fertig waren, legten sie einen größeren flachen Stein obendrauf.

»Ist *das* ein Apfelbaum?«, sagte Gabriel.

»Ja, das ist es«, sagte Großvater, »weil wir, die wir sie mögen, beschlossen haben, dass sie unter einem Apfelbaum begraben liegen soll. Also haben wir einen Apfelbaum gebaut. Das kann man selbst bestimmen.«

»Wo ist sie jetzt?«, fragte Gabriel.

»Jetzt ist sie verdampft«, sagte Marcus, »ihr Geist ist verdampft, wie bei Mischa. Und sie läuft in dem blauen Tal mit Preiselbeeren und Wasserfällen umher.«

»Zusammen? Mit Mischa?«

»Zusammen mit Mischa«, sagte Marcus.

Gerade als die Morgensonne im Osten heraufkam und einen scharfen gelben Rand auf die norwegischen Berge warf und sie fast fertig waren mit dem Steinmal, da sahen sie den Wolf und den Bären.

Nicht dass die beiden zusammen waren. Aber der Bär saß vierhundert Meter entfernt inmitten eines Kahlschlags südöstlich von ihnen, saß ruhig auf seinem breiten Hinterteil und schien sie zu betrachten. Er hatte einen Hubschrauber kaputt gemacht und einen Fluchtweg abgeschnitten und war Sieger, und er wusste es, fand aber vielleicht, dass es unnötig war, Hochmut oder Siegesfreude zu zeigen. So erklärte Marcus es den anderen.

Und da wies Gabriel darauf hin, dass es in Wirklichkeit Pethrus' beherztes Eingreifen gewesen war, das sie gerettet hatte, dass es die Schlange Pethrus gewesen war, die den russischen oder vielleicht litauischen Gangster so erschreckt hatte, dass Gabriel sich die Waffe schnappen konnte.

»Was für ein unfassbarer Mut!«, hatte Großvater mit leiser Stimme gesagt, die ein wenig zitterte. Diese schöne schwarze Ringelnatter, die nicht giftig und nicht gefährlich war, die hatte sie gerettet! Vielleicht lag die schwarze Schlange jetzt irgendwo auf einem Felsen und beobachtete sie.

Es war Gabriels Schlange. So wie der Bär Marcus' Bär war und das Wolfsjunge, das jetzt groß war, Minas Wolf. Und sie nickten alle, denn sie wussten, dass der Bär, der Wolf und nicht zuletzt die Schlange sich zusammengetan und sie gerettet hatten.

Der Wolf stand am oberen Rand des Kahlschlags. Reglos. Und auf einmal waren sie alle ganz sicher, dass er verstand und dass er sie mochte und dass er wusste, dass sie jetzt einen Apfelbaum aus Steinen über seiner Mutter, der Wölfin, errichteten.

Der Wolf stand still. Er heulte nicht. Das war nicht nötig.

Er hatte vor bald einer Woche geheult, in zwei Nächten.

Pelle hatte verstanden. So waren sie dem Wolf zu Hilfe gekommen, und jetzt wurde seine Mutter begraben, und alles war, wie es sein sollte.

Sie beendeten die Errichtung des Grabmals, das ein Apfelbaum war, und wussten, dass die Tiere bei ihnen waren. Der Bär, der Wolf, die Schlange.

Dann sangen sie *Herrlich ist die Erde*, und Großvater richtete ein paar Gedenkworte an die Wolfsmutter und dankte ihr für das, was sie ihnen bedeutete. Und dann sagte er, er fände, dass Mina die letzten Worte sagen sollte, weil Marcus ja den Bären hatte, und Gabriel hatte seine Schlange, deshalb war es nicht mehr als recht und billig, dass Mina das letzte Wort über die Wolfsmutter sagen sollte.

Alle nickten und fanden es okay, auch Pelle, der dasaß und sich alles anhörte.

Dann sagte Mina die letzten Worte.

»Liebe Wolfsmutter«, sagte sie, »mögen Glück und Wohlergehen dir folgen auf allen sieben Meeren!«

Und da wussten sie, dass die Expedition zu guter Letzt beendet war.

Per Olov Enquist, 1934 geboren, zählt zu den bedeutendsten Schriftstellern Schwedens. Schon einmal hat er ein Buch für Kinder geschrieben: »Großvater und die Wölfe«. Es erschien 2003 und wurde erst mit dem *Luchs* von Radio Bremen und der ZEIT ausgezeichnet und dann mit dem *Jahresluchs* für das beste Kinderbuch des Jahres.

Leonard Erlbruch, 1984 geboren, studiert an der Hochschule für Grafik und Buchkunst in Leipzig. Er hat bereits – damals noch als Schüler – »Großvater und die Wölfe« illustriert.

Die Originalausgabe erschien 2010 unter dem Titel
Den tredja grottans hemlighet
beim Verlag Rabén & Sjögren, Stockholm

Die Schreibweise in diesem Buch entspricht den Regeln der
neuen Rechtschreibung.

Lizenzausgabe für die Büchergilde Gutenberg,
Frankfurt am Main, Zürich, Wien
www.buechergilde.de
Mit freundlicher Genehmigung
des Carl Hanser Verlags, München

Umschlagbild: Leonard Erlbruch
Satz: Satz für Satz. Barbara Reischmann, Leutkirch
Druck und Bindung: CPI – Ebner & Spiegel, Ulm
Printed in Germany
ISBN 978-3-7632-6406-3